邱健恩 著

何以金庸 II

人物情節快閃榜

中華書局

目◆錄

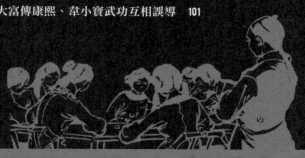

有
「
一
」
就
有
「
二
」

金庸靠着「自力輪迴」與「他力轉生」，讓小說生生不息，建構出多元宇宙故事體系。小說文本修改多達五次，至少衍生六個版本。七十年來，歷久不衰。究其原因，「人物性格」與「情節故事」描寫細膩，功不可沒。

「何以金庸」系列，要談的正是金庸小說的人物與情節。在《何以金庸：金學入門六大派》的第二章與第五章中，我嘗試從宏觀的角度，探討金庸小說的「行動元」（推動情節往前發展的因素），又試着把每部小說拆解成若干組成部分，分析故事結構情節線；而在本書《何以金庸 II：人物情節快閃榜》中，則從微觀角度，分析小說的人物與情節如何推動故事往前發展。

近年，網絡文章喜以「十大」為題，挑選金庸小說一些有趣的人和事，把不同小說的內容並列起來討論，轉換角度了解故事情節。我邯鄲學步，也來個「人物情節快閃榜」，既能專研一個人物或一件物事在整個故事中有何作用，又能從更廣的角度縱覽金庸如何運用相同方法來創作情節。這種方法特別適合初看金庸小說的讀者，可以說是「六大派」外第七種金學入門方法。

「快閃」原指快閃行動一類的行為藝術，近年成了潮語。書名「快閃」，取簡單分析之意，因為既然是入門書，總不能寫成「趕客」的鴻篇巨制。此外，順着《何以金庸：金學入門六大派》第四派「金庸小說改版」的思路，本書在提到人物情節時，如果三個版本中有所不同，都會稍稍提及，以

顯示金庸五十年來（1955 年開始創作，2006 年新修版《鹿鼎記》出版）動態創作的軌跡。

　　本書挑選人物與情節時其實遇到兩個難處：第一是好的人物情節都集中在長篇小說，如果只從長篇挑選，就不能一窺金書全豹。第二是同一主題有太多選項，讓人難以取捨。不過，我的原意只是拋磚引玉，金庸小說包羅萬有，任何一類情節與人物，都可以成為主題及選項。讀者看過本書後，如能另開主題（如十大山洞、滑稽人物、母親）、另挑選項，建構自己的榜單，就代表本書能夠發揮入門引導的作用了。人人心中都有專屬的「金庸小說人物情節榜」，彼此不必完全相同。一人有一個金庸，我只是希望從情節發展的角度，跟讀者分享自己多年來讀金庸小說的體會。如得認同，固是可喜；未能苟同，也可作為談資，與同好交流討論。

　　本書其實有兩個目的：「探討」與「呈現」。我自己完成了探討的部分，而好友們則為我完成「呈現」部分。我必須致以最衷心的謝意。

　　首先得感謝一眾為我寫書法字的朋友，計有李志清、麥錦釗、吳永雄，以及身在加拿大的崔成安、移居美國的源天擇。書中提到「十大留書」，總是覺得用細明體印出來，味道不足，用毛筆字呈現，雖然不一定符合原著，但靈活多變的筆觸總比電腦字體更能讓人感到字裏行間的情味。

　　源天擇還特別為我畫了 Q 版林朝英，我放在版權頁前，與《何以金庸：金庸入門六大派》封面書衣的天下五絕與周伯通遙相呼應，以顯示兩書的關係。

　　本書有兩種贈品，第一種是復刻《神鵰俠侶》武俠電影小說，那是幾十年前電影的周邊產品。我最早在「金庸館」

知道有這本小冊子，但只能看封面，讀不到內容。幸好《亦狂亦俠亦溫文——金庸的光影歲月》的作者吳貴龍兄有多一本，慷慨借出，讓我拆釘掃描，才能讓復刻成真。謝賢與南紅是史上第一代楊過與小龍女，峨嵋電影公司的《神鵰俠侶》影片已經毀掉，但透過這本小冊子中的劇照，讀者仍能稍稍了解當日的一鱗半爪。

　　第二種贈品是「公仔紙」。那是我們小時候的廉價玩意。我在網絡上看到「一沓創作」每隔一段時間，就會貼出金庸小說的人物畫作，畫風近似日本動畫 Pokémon。最有趣的是，不止有主角和次要角色，連只出場一次的人物，都會畫出來。原來，作者葉德威 David YIP 有一個宏願：畫遍金庸小說能叫得出名字的人物（共計一千四百多個）。我透過通訊軟件找他，他欣然答應商借部分，給我做「公仔紙」的插圖。公仔紙是舊物，Pokémon 畫風的金庸小說人物是新圖，新舊搭配，可以讓爺爺教孫子認識以前的世界，如果能增進人倫關係，則又是本書另一個收穫了。

　　最後，我得感謝好友鄺啟東兄。今年跟他合作，五月和六月時在台灣先後出版了兩本書，《流金歲月：金庸小說的原始光譜》、《尋金探本：流金歲月番外篇》。之後單飛，各自在書展時出書，他的叫《另類金庸：武俠以外的筆耕人生》。我已經被前面兩本書弄得人仰馬翻，接下來的這本《何以金庸 II》，實在沒有精力做校對。他二話不說，替我扛起責任，還揪出一些錯誤。這聲謝謝，我要一直說下去：謝謝謝謝謝謝謝謝謝謝……

邱健恩

十大高手

第 ◆ 一 ◆ 章

　　金庸小說高手林立，要選出十大，實在不容易。本節所選，是指小說中仍然在世的人。但即使在世的，仍然難選。如張無忌練成了完整版的九陽神功，又身兼波斯明教護教神功乾坤大挪移與張三丰晚年武學精華太極拳劍，理應比張三丰厲害，但張三丰擁有接近百年的修為，也看似不容易被張無忌打敗。最後選此張而不選彼張，純粹是敬老。然而，如果用「修為高」來衡量《天龍八部》高手，虛竹擁有逍遙派三大宗師合共逾兩百年的功力，無論怎樣算，都理應比掃地僧高，但坊間一直視掃地僧為書中第一高手，一則人氣超高，二則敬老，也自然能夠入選十大高手之列。

　　周伯通最後成為天下五絕之首「中頑童」，能入選讀者不會意外，但有一條數學題，金庸其實算得有點取巧。話說周伯通與郭靖認識時，郭靖無心快語，說練了左右互搏之術等於「以二敵一」，然後周伯通就很有自信地認為自己是「天下第一」，因為兩個周伯通打一個黃藥師，一定能贏。這條取巧的數學題如果用在小龍女身上，或許說得過去，因為小龍女分心二用，左右手各使全真劍法與玉女劍法，而玉女素心劍這套武功獨步天下，足以勝過所有人。在周伯通身上就不一定了，須知道，左右手各使出兩套武功並不代表兩個周伯通，因為仍然只有一份內力，除非周伯通自創的空明拳能跟玉女素心劍一樣神妙，否則，很難說一定能夠贏過黃藥師。

袁士霄

　　《書劍恩仇錄》作為金庸第一部武俠小說，袁士霄就是金庸創作的第一個頂峰高手。在《書劍恩仇錄》的人設中，袁士霄不用親自出手，光是徒弟陳家洛就足以躋身書中頂層高

手之列，勝過鐵膽莊的周仲英，只比張召重稍遜一籌。金庸還為袁士霄配置了一套包含天下武學的「百花錯拳」，透過武功的特色來側寫袁士霄的能力與智慧。不過，《書劍恩仇錄》中，幾乎沒有一件事是要袁士霄以高超的武功來完成的。他的存在，只為培育出主角陳家洛。這位金庸筆下第一個天下第一的高手，塑造得不算成功，未能在讀者腦海中留下深刻的印象。

穆人清

　　《碧血劍》故事中，「神劍仙猿」（舊版則稱為「八手仙猿」）穆人清可以說是《碧血劍》江湖中高手的第一人，舊版形容他「近二十年來從未遇到對手」，修訂版多加了一句「武功之高，當世實已可算得第一人」。穆人清為人俠義但低調，因此在江湖上名頭不甚響亮。在收袁承志為徒之前，共收了兩個徒弟，大徒弟黃真，二徒弟歸辛樹。舊版中對於穆人清的武功描寫並不詳細，又沒有聽起來了不起的武學與之相配，以致難與第一高手的身分匹配。修訂版在穆人清的武學中增加了「混元功」（包含「混元掌」），但金庸並沒有進一步詳細描述混元功有何威力。

　　作為《碧血劍》中的第一高手，穆人清只是功能人物，整個故事中，只有三件事情與他最相關：第一、收了主角袁承志為徒，讓故事得以展開。第二、在袁承志與師兄歸辛樹因誤會出現矛盾時，他主持公道，顯示出華山派作為名門正派應有的法度（雖然反而引起歸辛樹懷恨在心）。第三、幫助闖王奪取天下，顯示出他不是一個不理世事的方外高人。

苗人鳳

在《雪山飛狐》中，金面佛苗人鳳號稱「打遍天下無敵手」，原為刺激胡家後人胡一刀應戰，但也同時表示他可以視作《雪山飛狐》江湖中武功第一人。只是，隨着《飛狐外傳》的出現，高手第一人的身分則有一點尷尬了，因為《飛狐外傳》還連繫了《書劍恩仇錄》，也就是説把紅花會的高手陳家洛、無塵道長、趙半山，以至陳家洛的師傅袁士霄拉進來，如此一來，苗人鳳是不是當世第一人就有待商榷了。不過，由於苗人鳳在《飛狐外傳》中，並非重要人物，他出現最重要的功能有兩個：第一、作為《雪山飛狐》的前傳，填補《雪山飛狐》前二十年的真空，例如田歸農、苗人鳳與南蘭的三角戀、胡斐一對孿生「弟子」的由來等。第二、由於中毒，把程靈素等毒手藥王一脈的人引進故事中。

苗人鳳（左）眼傷未癒，即向胡斐演練武功。
（本書所載插圖，均出自雲君手筆，取自《明報晚報》上連載的修訂版插圖。）

相對於《天龍八部》與「射鵰三部曲」一脈的宋元江湖，《書劍恩仇錄》、《碧血劍》、《鹿鼎記》，以至飛狐二書的明清江湖，金庸在武功的描寫上相對平實，缺乏諸如六脈神劍、九陽神功、乾坤大挪移等出神入化的武功。因此，金庸只用白描手法或襯托法來寫高手過招。寫苗人鳳也不例外，先說飛天狐狸作為闖王四大侍衛之首，有着高超的武功，而胡家後人如胡一刀繼承了家傳刀譜，武功高絕。苗人鳳能夠與胡一刀打成平手，就等於宣告苗人鳳有着與飛天狐狸、胡家後人一輩的實力。

金庸為《雪山飛狐》設置了開放式的結局，胡斐與苗人鳳對決，兩人鹿死誰手，誰勝誰負，並不落實。苗胡二人，同樣成為了《雪山飛狐》中高手之中的高手。

周伯通

在射鵰與神鵰的故事中，周伯通是以「老頑童」的獨特個性為讀者認識，而並非以武功天下第一而聞名於天下，但在金庸的設定裏，他一直都是天下第一。因此，在《神鵰俠侶》最後一回，第三次華山「論」戰時，金庸終於給了周伯通天下第一的名號，成為位居五絕之首的「中頑童」。

周伯通在射鵰江湖中之所以能夠成為天下第一，全因為「人設」，金庸為周伯通配置了「左右互搏之術」的武學。周伯通在桃花島漫長的十五年囚禁歲月中，憑藉其單純的個性、對武學的執着，以及對玩耍嬉戲的追求，創出了「左右互搏之術」。武學原理相當簡單，就是心有二用。由於心有二用，一人可以打出兩種武功。在「雙鵰」的江湖中，只有周伯通、郭靖與小龍女懂得心有二用。不過，左右互搏之術並

周伯通向黃蓉展示翅上有文字的玉蜂

沒有在郭靖身上顯出奇效，反而助周伯通成為天下第一，也讓小龍女能夠打出天下無敵的玉女素心劍。

　　周伯通是「中神通」王重陽的師弟，武功雖高，卻比五絕略遜一籌。然而，憑藉「左右互搏之術」，周伯通由於一心二用，往往能夠打出接近多一倍的攻擊力，如此一來四絕必敗，因為任何一人，都不能同時勝過兩個周伯通。

張三丰

　　在張無忌神功大成之前，張三丰的武功在《倚天屠龍記》的故事中，堪稱當世第一人，少林四大神僧之首空見大師與明教教主陽頂天，也瞠乎其後。張三丰武功很高，已到了當代江湖的頂峰，但金庸並沒有用「直球」方式，讓張三丰在倚天故事中痛痛快快打一場以顯示其功力，而只是用「擦邊球」方式，透過對比來顯示。例如，他的徒弟武當七俠人人

獨當一面，其中大弟子宋遠橋與二弟子俞蓮舟的武功甚至可以充當一派掌門。又如，在他身受重傷之後，仍然能輕移易舉地一掌殺掉金剛門的空相。

在《倚天屠龍記》中，張三丰具有三個功能：

第一、作為《神鵰俠侶》與《倚天屠龍記》故事的過渡人物，把《神鵰俠侶》的故事帶進《倚天屠龍記》的世界裏。神鵰與倚天兩代江湖相隔接近百年，張三丰憑其高壽，一直是連繫兩代江湖的樞紐人物。

第二、作為《倚天屠龍記》中神一般的武林圖騰，也為當代江湖提供「人力資源」。金庸小說除了有吸引人的武功，門派也是成功的因素。《射鵰英雄傳》的全真教與丐幫、《神鵰俠侶》的古墓派、《天龍八部》的逍遙派、《俠客行》的雪山派與俠客島等，金庸都塑造得相當成功。金庸在《倚天屠龍記》中「活化」了兩大門派：武當與峨嵋，太極拳與太極劍在金庸筆下，具有無比的威力，而他的徒弟武當七俠，更貫穿了整個倚天故事：在男主角張無忌出生之前，三俠俞岱巖率先為屠龍刀犧牲，五俠張翠山接力，讓張無忌成功出世；二俠俞蓮舟迎接張無忌；六俠殷梨亭與峨嵋紀曉芙的一段情，也讓童年張無忌目睹滅絕師太對徒兒痛下殺手，張無忌長大後更親身經歷殷梨亭被金剛門打致傷殘；大師伯宋遠橋的兒子宋青書日後成為張無忌的情敵；七俠莫聲谷更在倚天故事後段身故，讓張無忌被短暫誤會。

第三、為《倚天屠龍記》的武林神話張無忌提供助力。張無忌得到九陽神功與乾坤大挪移後，已隱然成為武林第一人，但金庸錦上添花，讓原來的武林第一人張三丰傳授其武學精髓太極劍與太極拳，此舉的意義是：把武林第一人交棒給張無忌，使張無忌成為當代江湖武林神話。

舊版《倚天屠龍記》中，張三丰還有另一個功能：就是

張三丰（中）與武當七俠

揭示九陽神功與《九陰真經》的關係。因為在金庸的創作原
意中，《九陽真經》與《九陰真經》同為達摩所創，兩者互補。
張翠山一家回歸中土時，俞蓮舟提到張三丰閉關，從《九陽
真經》領悟到世間應該還有一本《九陰真經》與《九陽真經》
相配。不過，張三丰對《九陰真經》的想法純屬個人猜測。

> 他說到這裏，突然放低聲音，說道：「俞老弟，這屠龍寶
> 刀之中，藏着一部武學秘笈，有人說是九陽真經，有人
> 說是九陰真經。⋯⋯」九陰九陽兩部寶笈祕錄的名字，俞
> 岱岩也曾聽師父說過，只是當年覺遠大師圓寂之後，少
> 林、武當、峨嵋三派分得九陽真經中的若干章節，全書
> 早已失傳，至於九陰真經，更是數十年來少人提起，空
> 餘想像⋯⋯。（舊版《倚天屠龍記》第四一續，1961 年
> 8 月 15 日）

俞蓮舟道：「……這『九陽真經』傳自達摩老祖，恩師言道，他越是深思，越覺其中漏洞甚多，似乎這只是半部，該當另有一部『九陰真經』，方能相輔相成。可是『九陽真經』他已學得不全，卻又到那裏找這部『九陰真經』去？何況世上是否真有『九陰真經』，誰也不知。達摩老祖是天竺國不世出的奇人，我恩師的聰明才智，未必在達摩老祖之下，真經既不可得，難道自己便創制不出？他每年閉關苦思，便是意欲光前裕後，與達摩老祖東西輝映，集天下武學大成。」（舊版《倚天屠龍記》第一五七續，1961 年 12 月 9 日）

只是，金庸後來寫九陽神功威力愈來愈盛，不用借助《九陰真經》，已經可以作為整個倚天故事的代表武功，金庸才刪掉張三丰這段了不起的「體認」。

狄雲

《連城訣》主角狄雲在金庸小說眾多男角中，絕對不是最讓讀者留意的一個，若論武功之高，卻是當世江湖的第一人，甚至勝過師祖鐵墨寒萼梅念笙。與其他男角一樣，金庸為狄雲安排了一條盡攬天下頂尖武功秘笈的武學路，讓狄雲一步一步往上攀爬，成為高手中之高手。在《連城訣》中，狄雲從丁典處學到正派武學最高內功代表《神照經》，之後又學會了邪派武學頂峰血刀門的《血刀經》。神照功大成之時，足以震飛邪派第一高手血刀老祖。不過，小說中並沒有對《神

照經》有過多的描述，只知道是天下無敵的功夫。

掃地僧

　　《天龍八部》中，掃地僧被公認是武功最高的人。掃地僧是藏經閣中的僧人，無名無分，不歸入少林寺的班輩中，四十多年只在藏經閣打掃，「掃地僧」之名因而得來。

　　掃地僧的武功到底有多高，金庸並沒有明言，但可以從以下「文、武」兩個角度看出端倪：「文」的角度，指對佛門武功的理解。蕭遠山與慕容博到少林偷看與偷練七十二絕技武功秘籍，掃地僧提出必須配合佛法才能化解武功對自身的傷害，令一眾少林玄字輩僧人茅塞頓開，由此可以看出掃地僧對佛門武功的理解遠高於少林僧人。「武」方面，無論是鳩摩智暗施無相劫指、慕容復的掌力，還是蕭峰的降龍十八掌，打在掃地僧身上，都被消弭於無形。當世武林三大頂尖高手的武功，都對他無效，可見其功力之高。

　　掃地僧對《天龍八部》故事的推動，只為化解蕭家與慕容家上一代的恩怨，於今世江湖，可以說是毫無功能。然而，《天龍八部》由於有了掃地僧，金庸為整個故事增添了神一般的人物，令讀者多了遐思與茶餘飯後的談資。

石破天

　　石破天是《俠客行》的武林神話。他先是誤打誤撞地練成了羅漢伏魔神功，又學了專為克制雪山派武功的金烏刀法，後來又因喝了張三李四浸泡了丹藥的烈酒而功力大進；

石破天在牢內與白自在對招

最後因不識字而沒有墮入俠客島石室中注釋的文字障，進而無心插柳地練成了俠客行神功。全書武功最高的兩個人——龍島主與木島主——即使聯手，仍被石破天打得油盡燈枯。

在金庸創作的武俠小說中，角色要成為高手，可以有三個途徑，第一是刻苦用功（如郭靖），第二是聰明絕頂（如楊過、張無忌、令狐冲），第三是擁有一顆赤子之心，愈不經意，愈能成就偉大的武功（當然，還要靠一點點運氣）。金庸在後期寫的小說，諸如《素心劍》中的狄雲、《天龍八部》中的游坦之，以及《俠客行》中的石破天，都循着這個想法（套路）來寫。只是，《素心劍》中的狄雲，後來因為金庸改變了故事方向，引進寶藏而「素心」退位，之後交棒給《天龍八部》中的游坦之，雖然在無心之下憑着冰蠶而練成了《易筋經》，但游坦之不算小說的主角，練成《易筋經》的過程也有點倉卒，因此金庸再寫一次，以主角石破天闖俠客島，在不識字的情況下，練成了俠客行神功，成為當代武林神話。

因此，石破天可以視作第三類型高手的代表人物。

東方不敗

　　東方不敗是傳奇人物，金庸透過正邪道眾人之口，把這位魔教教主神而化之，成為當世江湖公認的第一高手。令狐沖即使擁有了能破盡天下武功的獨孤九劍，幾乎無敵，但在讀者心中，東方不敗仍然是《笑傲江湖》中的第一高手。

　　東方不敗在《笑傲江湖》中只有一個功能，就是作為範本，顯示《葵花寶典》與辟邪劍法有多厲害。舊版《笑傲江湖》以爭奪辟邪劍法開局，之後故事轉至華山派，金庸透過林震南遺言中「葵花」二字，硬把辟邪劍法與華山派《紫霞秘笈》扯上關係，而「葵花」二字，更暗扣東方不敗的《葵花寶典》。在金庸的創作原意中，三者有關連。令狐沖就任恆山派掌門，金庸利用少林方證大師與武當冲虛道長跟令狐沖在後山的一席話，正式把三者串連起來。不過，後來為了替東方

東方不敗（背面）與令狐沖等人對招

不敗營造出一鳴天下驚的出場場面，金庸最後為東方不敗做了「不男不女」的人設，而不男不女的原因是「揮劍自宮」。

《笑傲江湖》中，東方不敗與《葵花寶典》其實並不重要，重要的是《辟邪劍譜》，因為牽涉到五嶽劍派等人的利益，而五嶽劍派正是《笑傲江湖》故事涉及的主要門派。也因此，這位公認的第一高手，甫一出場即謝幕，被任我行、向問天、令狐冲與任盈盈打敗。無可否認，金庸塑造東方不敗是成功的，不男不女的裝扮，拿着一根繡花針力敵三大高手（任盈盈的級數明顯不如其餘三人），以及對男寵楊蓮亭的痴情，都讓讀者對這位高手中的高手，留下了深刻的印象。

阿青

《越女劍》裏的阿青，可能是金庸小說中武功最高的人。因為，小說中這樣寫：

> 宮門外響起了一陣吆喝聲，跟着嗆啷啷、嗆啷啷響聲不絕，那是兵刃落地之聲。這聲音從宮門外一直響進來，便如一條極長的長蛇，飛快的遊來，長廊上也響起了兵刃落地的聲音。一千名甲士和一千名劍士阻擋不了阿青。

以一人之力打敗兩千人，這已經是接近神的武功了。小說中，對阿青武功的來歷，只是說跟白公公（白猿）用竹枝對拆，慢慢地掌握了劍擊之術。

如果說阿青殺敵二千屬於神級武功，那麼，舊版中的阿

青，簡直是神了。因為，范蠡調派來
保護西施的，可不是區區二千
人，而是翻倍的四千人。不
過，「范蠡知道二千名甲士和
二千名劍士阻擋不了阿青。」
（舊版《越女劍》原載《明報晚
報》，但已散佚；這段文字引自
《武俠與歷史》第 471 期，1970
年 1 月 16 日）。金庸似乎想要建構
一個接近神級的武功世界，而隨着歷
史往前發展，人類的武功愈見弱化。
一般讀者都認為，《天龍八部》的江湖
人士，武功比「射鵰三部曲」的高，而
「射鵰三部曲」中所描寫的武功，又比《碧
血劍》、「飛狐系列」和《書劍恩仇錄》的
武功高。不過，由於金庸只寫了一篇《越女
劍》，就無以為繼，「武功弱化論」這個推測，
就只能是臆測，不能證實或推翻了。

　　金庸把阿青的武功寫得太誇張，自此以後，《越女劍》就
憑阿青的武功，穩佔一席位，讀者津津樂道的，就是阿青是
金庸小說中高手第一人。

十大「已故高手」

《碧血金蛇劍》第十一回〈朱顏殘寶劍 黑甲入名都〉
出自《明報晚報》1971-09

　　提出「十大已故高手」的名堂，就像音樂節目選最受歡迎歌星與歌曲，候選單位眾多，得獎名額少，唯有增加獎項，才能讓更多人入選。十大已故高手，其實不容易挑選。原因有三，第一、並非每個故事都有已故高手，像《白馬嘯西風》、《越女劍》。第二、並非每個已故高手都有相對詳細的描述，像《笑傲江湖》中的獨孤求敗，金庸對他着墨不多，即使選了出來，也不能登場「發表感言」，讓讀者認識更多。第三、三版小說金庸改了又改，有些舊版中的已故高手，在修訂版或新修版中換了人，達摩就是一個例子。舊版故事中，達摩創出了《九陰真經》與《九陽真經》，修訂版中，《九陰真經》換了「先祖」，改由黃裳所創；到了新修版，終於有人發現，達摩根本不懂中文，不可能在《楞伽經》經文中間寫下《九陽真經》，如此一來「射鵰三部曲」第一已故高手寶座，不得不換人。

金蛇郎君

　　《碧血劍》有兩個已故人物，都與往後故事發展有密切關係，第一個是明末大將袁崇煥，第二個是金蛇郎君夏雪宜。兩人中又以金蛇郎君對故事發展更有關鍵性作用：他留下的《金蛇秘笈》，讓袁承志武功得以提升；他留下寶藏，讓袁承志擁有對抗朝廷的本錢；他留下遺願，袁承志要執行而與溫氏五兄弟對上；他的女兒溫青青，最終成為袁承志的紅顏伴侶；袁承志闖蕩江湖時又遇上五毒教的何紅藥，而必須「承擔」金蛇郎君這段「孽債」的種種挑戰。金蛇郎君雖然死了，但他的往事都在驅使袁承志當下去面對與解決。因此，金蛇

郎君雖然在故事開始時已經死去，卻是從頭到尾都在推動情節發展。

胡一刀

　　《雪山飛狐》共有十回，但主角胡斐要到第六回才正式登場，之前五回，全部都是現世的人講上代或再上代的故事，而故事的中心人物是胡一刀。胡一刀在《雪山飛狐》中是與號稱「打遍天下無敵手」苗人鳳分庭抗禮的第一高手，也是整個故事的核心所在。因為，只有他才知道四家恩怨的原因，也只有他才知道如何解開寶藏之謎。在他之前，胡家與苗、范、田三家因為祖上一個誤會而互相仇殺，胡一刀卻想化解恩怨，停止無休止的世代報復。只是因為所託非人，又受壞人所害，以致中毒身亡，又留下一個「仇」給兒子胡斐。

　　金庸刻意把所有英雄好漢的特性都給了胡一刀，他雖然豪邁，但也兒女情長；他雖然身負血仇，但懂得「冤冤相報何時了」的道理；他懂得欣賞「仇人」，也懂得識英雄重英雄；因為苗人鳳一家為商劍鳴殺害，他用一個晚上的時間，不惜虛耗體力影響戰果，也要連夜到商家堡把商劍鳴殺死。

　　胡一刀雖然只出現在玉筆山上大廳中眾人之口，但金庸卻把這個人物寫活了。

王重陽

　　《射鵰英雄傳》的故事發生在第一次華山論劍之後。王重

陽雖然在故事開始的時候已經身故，卻像從來沒有離開過，基本上，整個《射鵰英雄傳》的故事，都與天下第一王重陽以及《九陰真經》有關：（1）故事甫一開始的丘處機是王重陽所創全真教的弟子。（2）郭靖在塞外碰上的銅鐵雙屍，原是桃花島主的弟子，因為偷了師母背誦的《九陰真經》而離開桃花島。師母之所以能看到《九陰真經》，是因為王重陽臨死前交託師弟周伯通要把秘笈藏起來，而周伯通帶着真經時，被黃藥師設計看了真經。（3）郭靖後來學了《九陰真經》，與黃蓉一起被西毒歐陽鋒窮追猛打，迫令默寫真經。（4）王重陽怕在死後無人能夠克制歐陽鋒，因此到大理把一陽指（修訂版改為先天功）傳與南帝段智興（後來的一燈大師）。王重陽此行帶着師弟周伯通，但周伯通竟與南帝的貴妃好上了，貴妃後來生下周伯通的兒子，卻被鐵掌幫幫主裘千仞所傷，南帝不肯相救令嬰孩夭折，劉貴妃憤而出走，而南帝最後也出家成為一燈大師。黃蓉受傷，瑛姑（劉貴妃）讓郭靖黃蓉二人往找南帝治傷，又趁機出手加害一燈大師。凡此種種，究其發生的原因，都與王重陽有很大的關係。

　　王重陽能成為天下第一，武功自然很高，小說中卻缺乏讓人亮眼的全真派代表武功。最令讀者嘆為觀止的，只是王重陽留下的天罡北斗陣法，全真七子聯手起來，幾有乃師的威力，足可與四絕爭一日之長短。然而，在舊版故事中，王重陽的代表武功是「一陽指」（南帝的武功是先天功），足以打敗四絕克制西毒的武功，自是威力無儔。後來因這個設定與《天龍八部》的描寫出現矛盾，金庸修訂時用最簡單的方法解決兩書衝突的問題，即對調中神通與南帝二人的武功。但由於金庸本來就很少提及先天功，以致根本沒有讀者知道先天功有何威力，誠然是《射鵰英雄傳》不足之處。

達摩與黃裳

在舊版「射鵰三部曲」中，《九陰真經》與《九陽真經》的作者是達摩。武俠小說裏，達摩幾乎可以說是天下武林的祖宗，任何厲害的功夫，只要說是達摩所創，或傳自達摩，就必定是威力無儔的神功、招式。《九陰真經》是金庸創作生涯中第一部驚世武學秘笈，自然要找一個具備說服力、人人公認的秘笈作者，達摩是不二人選。《九陰真經》之後，金庸又創出與之相配互補的《九陽真經》，真經作者也自然是達摩了。不過，舊版故事中達摩只是象徵人物，至於如何創出兩部經書，描寫並不多。《射鵰英雄傳》中，周伯通向郭靖提到《九陰真經》的作者時，只有這幾句話與達摩有關：「九陰真經是武學中第一奇書，相傳是達摩祖師東來，與中土武士較技，互有勝負，面壁九年，這才參透了武學的精奧，寫下這部書來。」（舊版《射鵰英雄傳》第三四三續，《香港商報》1957 年 12 月 11 日）金庸提到《九陽真經》時，共有三次提到達摩，（《神鵰俠侶》兩次，《倚天屠龍記》一次），但都是寥寥數句，內容都差不多：(1)《九陽真經》抄在《楞伽經》的字裏行間；(2)《楞伽經》由達摩親自書寫，帶來中土。

不過，金庸以達摩創出《九陰真經》與《九陽真經》的設定有兩個明顯的破綻。第一、梅超風看不懂《九陰真經》上的口訣，向全真教丹陽子馬鈺請教，問甚麼是「鉛汞謹收藏」、「姹女嬰兒」等道家用語的意思。舊版中，即使金庸沒有明言《九陰真經》是道家武學，但達摩既非中土人士，又是佛門高僧，即使稍稍了解道家思想，也理應沒有能力寫出以道家為宗的《九陰真經》。第二、《神鵰俠侶》連載尾聲提及《九陽真經》，但對《九陽真經》的描述並不多，只知道是抄在達摩手書的《楞伽經》中的空白位置。《楞伽經》用天竺

文寫成，《九陽真經》則用中華文字寫成。歷史上的那個達摩是天竺人，根本不懂書寫中文，又如何在《楞伽經》空白地方用中文寫《九陽真經》？這個破綻，一直到了新修版時才改過來，把《九陽真經》的作者變成一個不知名的前輩高人。

　　至於《九陰真經》，金庸修訂時把作者改為黃裳。對於黃裳如何創出《九陰真經》，有了非常完整的故事：在宋徽宗年間，黃裳奉召編修《黃壽道藏》，經過長年累月接觸道家經典，不但精通了道學，還悟出驚世武學。後來，皇帝派他剿滅從波斯傳來的明教，他挑戰明教高手，殺了明教的人。部分被殺的人中，有幾個是名門大派的弟子，因此惹來報復。黃裳的家人遭殺害，但又打不過對方聯手，於是潛逃至窮荒之地，窮四十年心血思索如何破解仇人的功夫。於是，一部幾乎包羅了天下武學的《九陰真經》應運誕生。金庸透過黃裳的故事，順帶告訴讀者，《九陰真經》不是出自《易傳》，而是出於道學。

　　黃裳也就因此代替了達摩，成為了金庸小說中，第一個出現的已故絕世高手。

劍魔獨孤求敗

　　金庸小說中有兩個獨孤求敗，一個在《神鵰俠侶》出現，一個在《笑傲江湖》出現，兩個都是前代江湖的人，已經身故。由於《笑傲江湖》中的獨孤求敗創出了能破天下武功的「獨孤九劍」，因此，許多讀者都會將之與《神鵰俠侶》中的劍魔獨孤求敗連在一起，或認為是同一個人。只是，《笑傲江湖》中獨孤求敗只在風清揚的口中出現一次，只交代獨孤九劍由何人所創，對於為何許人，有何事跡，金庸就沒有再多說了。

　　《神鵰俠侶》中的獨孤求敗，金庸着墨其實也不多，只讓神鵰帶領楊過到兩個地方：劍魔埋骨處與劍塚。楊過透過劍魔留下的一些痕跡，稍稍了解這個前輩高人：(1)一生共用了四把劍，每把劍都代表在劍道上的境界。(2)四十歲已經領悟劍道高峰。(3)曾以紫薇劍錯殺義士，故棄而不用。在修訂版中，楊過已經見不到紫薇劍，但在舊版中，楊過在神鵰帶他到劍魔埋骨處前，已經發現紫薇劍，而他的右手，正是郭芙用紫薇劍砍下來的。

　　劍魔獨孤求敗雖然只留下很少的痕跡，卻對「射鵰三部曲」的江湖影響甚深。第一、在《神鵰俠侶》中，楊過斷臂後成了殘廢之人，神鵰出現，讓楊過學會重劍之術，武功不降反升。如果沒有劍魔留下來的神鵰，楊過根本難以成為故事的「武林神話」。第二、神鵰把玄鐵劍給了楊過，這玄鐵劍後來被黃蓉拿來改鑄成倚天劍、屠龍刀，而《倚天屠龍記》的故事，正是圍繞着這對刀劍而展開。也就是說，如果沒有玄鐵劍，就不會有倚天劍與屠龍刀，也就沒有了《倚天屠龍記》的故事背景。

　　由此可見，劍魔獨孤求敗對「射鵰三部曲」，何其重要。

林朝英

　　舊版《神鵰俠侶》中，金庸對林朝英的描寫有點前後不一致。楊過轉投古墓派後，小龍女談及祖師婆婆林朝英的背景，說大約在六、七十年前，江湖間流傳兩句話：「南林北王，陰勝於陽。」林指林朝英，廣西人，王指王重陽，山東人，一個在北一個在南，可見是當時江湖上兩大頂尖人物。「陰勝於陽」則謂林朝英比王重陽優勝。不過，金庸其實早於

小龍女談林朝英之時，就已經透過丘處機告訴讀者，林朝英到底是怎樣的一個人。丘處機說：「論到武功，此人只有在四大宗師之上，只因她是女流，素不在外拋頭露面，是以外人知道的不多，聲名也是默默無聞。」（舊版《神鵰俠侶》第六六續，《明報》1959 年 7 月 24 日）既是寂寂無聞，就自然不會流傳「南林北王」兩句話了。

　　根據丘處機的描述，林朝英的武功比東邪西毒等四絕高，但卻不如王重陽。林朝英對王重陽有情意，但最後兩人不歡而散。林朝英入住王重陽建的「活死人墓」，而王重陽則在墓旁興建重陽宮，出家為道。林朝英入住活死人墓後，鬱鬱寡歡，創出《玉女心經》不久後離世。這時，第一次華山論劍還沒有開始。林朝英沒有收徒弟，但把武功傳授給貼身丫鬟。這個丫鬟沒有在江湖上走動過，但收了兩個女弟子，大徒弟李莫愁，二徒弟小龍女。

　　林朝英在小說中有兩個功能，就是留下傳人李莫愁與小龍女，以及足以克制全真派武功的《玉女心經》，而心經中的「玉女素心劍」更是一套接近天下無敵的武功。

　　金庸似乎想把古墓派寫成天下痴情女子的發源地。林朝英、李莫愁、小龍女，三人分別是三個痴情的代表，林朝英屬於憂鬱型的痴情，自個自的在古墓胡思亂想；李莫愁屬於發洩型的痴情，因為痴心錯付，恨盡天下間的男人，要殺人報復；小龍女是逃避型的痴情，愛情路上一碰到問題就會自作主張地逃走。總括而言，林朝英在《神鵰俠侶》故事開始時已經身故，但如果沒有了她，整個故事就完全沒有展開的餘地。在新修版中，金庸對《玉女心經》的修練過程有更深入與詳細的描寫，為古墓派傳人「痴情」傳統找來更合理的理由。

毒手藥王

毒手藥王不是武功高強的高手，而是用毒的高手。在《飛狐外傳》中，最早出現「毒手藥王」此一名堂，是在苗人鳳拆信中毒後。胡斐為要協助苗人鳳尋找治眼解藥而往找毒手藥王，從此與故事的第二女角程靈素以及藥王一脈拉上關係。

毒手藥王擅使毒，但更擅解毒；年青時脾氣暴躁，出家後修養心性，脾氣有所改變，而法號也隨心境而改，初時號曰大嗔，後曰一嗔，之後又改為微嗔，死前已大澈大悟，號曰「無嗔」。毒手藥王晚年著成《藥王神篇》，本是濟世救人的醫書，卻被師弟與徒弟誤會為「用毒指南」，因此掀起了同門爭奪戰。

毒手藥王共收了四個弟子，大弟子慕容景岳與三師妹薛鵲後來追隨藥王的師弟毒手神梟石萬嗔，毒手神梟也已依附朝廷。程靈素是藥王的關門弟子，得藥王傳授《藥王神篇》。程靈素中毒後，設計用七心海棠的蠟燭毒盲了石萬嗔，更毒死了師兄慕容景岳與師姐薛鵲。自此以後，藥王一脈全部身亡。

金庸小說中不乏會使毒之人，《倚天屠龍記》中蝶谷醫仙胡青牛的妻子毒仙王難姑便是使毒高手，但在金庸所有小說中，「用毒」的情節只佔極少部分，而在《飛狐外傳》中，因着藥王一脈，不但石萬嗔等反派使毒，即連程靈素，也以毒來協助胡斐。「毒」對構成《飛狐外傳》的故事有非常重要的地位，而毒手藥王在小說中的重要性可見一斑。

陽頂天

陽頂天是明教上任教主，在《倚天屠龍記》中，在他身

上發生三件事間接與主角張無忌有關：第一、因為發現妻子
與成崑在明教秘道內偷情，一時走火入魔，留下乾坤大挪移
心法。多年以後，張無忌因追捕圓真（成崑出家後的法號），
困於明教秘道內，最後練成乾坤大挪移。第二、多年以前，
陽頂天受到韓千葉約戰，要在碧水寒潭一決生死。波斯聖女
黛綺絲冒認為陽頂天女兒，代「父」出戰，最後與韓千葉相
戀，生下女兒小昭。小昭被母親派到光明頂，伺機尋找乾坤
大挪移心法，因而認識了張無忌。第三、少林寺囚禁金毛獅
王謝遜，請出輩分最高的渡厄、渡劫、渡難看守。渡厄多年
前曾受圓真唆擺，與陽頂天比試，最終瞎了左眼。渡厄因而
非常痛恨明教中人。張無忌初上少林營救金毛獅王，三僧以
長鞭組成「金剛伏魔圈」對戰。

　　作為《倚天屠龍記》第四高手（頭三位是覺遠大師、張
三丰與張無忌），陽頂天只在眾人記憶中出現，但實際上，故
事中當下江湖的大部分人物，都或直接或間接地受到影響（最
明顯莫過於陽頂天、陽夫人與成崑的三角關係），陽頂天實際
上就是《倚天屠龍記》各條故事線的串連者，在小說中的功
能何其重要。

梅念笙

　　梅念笙是《連城訣》主角狄雲的師祖（不過，狄雲根本
不知道有這個人物），湘中武林名宿，外號鐵骨墨萼（但金庸
並沒有解釋這個外號的原意），有三個徒弟：萬震山、言達平
與戚長發。他身懷兩項至寶，一是《素心劍譜》（修訂版改名
為《連城劍譜》），二是《神照經》。三個徒弟為要得到《素
心劍譜》，不惜偷襲和圍攻，要置師父於死地。梅念笙如果不

是先受到戚長發從背後深深刺了一劍，合徒弟三人之力聯手也贏不了師父。梅念笙最後被逼得拋出劍譜，自投江中，雖然為丁典所救，卻因受傷太深而返魂無術，臨死前把《神照經》贈與丁典，並把素心劍訣（連城劍訣）告訴了丁典。

在《素心劍》（修訂版更名《連城訣》）故事裏，梅念笙的功能就如陽頂天之於《倚天屠龍記》，在故事開始前已經身故，但發生在他身上的事卻一直影響當世人，從而把所有情節串連起來。狄雲入獄，在牢房遇上丁典，兩人初次相識。然而，因着梅念笙，丁典與狄雲根本不是沒有任何關係的人。梅念笙作為素心劍訣的唯一持有人，《素心劍》的一切情節定必都與他有關。由於救了梅念笙，丁典之後的人生就完全受梅念笙影響，金庸透過梅念笙把《神照經》與素心劍訣交給了丁典，讓丁典懷璧其罪，之後與凌霜華的相識與相戀，以及最後入獄，目的就是要完成交棒工作，把梅念笙二寶交給狄雲，狄雲練成了《神照經》，才有足夠的實力來解決寶藏、感情、冤屈入獄等所有相關事情。

渡元禪師（林遠圖）

渡元禪師本是福建莆田少林住持紅葉禪師的弟子，本姓林，還俗後恢復本姓，並改名為遠圖。林遠圖開設了福威鏢局，憑着七十二路辟邪劍法，在江湖上無人不識。《笑傲江湖》故事就以「青城滅福威」為開始。然而，其實《笑傲江湖》的所有故事線，都與林遠圖有直接與間接的關係。

在《笑傲江湖》故事開展前的幾十年，華山派閔肅和朱子風（修訂版改為岳肅與蔡子峰）到莆田少林去偷看《葵花寶典》，紅葉禪師發現後，請弟子渡元到華山找閔朱二人，

勸他們不要修練秘笈上的武功。閔朱二人不知道渡元不曾看
過《葵花寶典》，拿抄本向渡元請教，渡元不但沒有收回寶
典，還把抄本的內容記了下來。離開時，把所記內容抄在身
穿的袈裟上，也就是後來傳給後代（但又不能練）的《辟邪
劍譜》。至於閔朱二人的抄本，後來朝陽神教（修訂版改
為日月神教）十大長老來攻華山時被搶走，最後給了東
方不敗。

　　《笑傲江湖》有兩條故事線，一是五嶽劍派左冷禪
與其餘四派的明爭暗鬥，二是魔教與正道的對峙，然而
兩條故事線，都與《葵花寶典》有關，而渡元禪師，就
是讓《葵花寶典》流落江湖的關鍵人物，直接或間接
讓後世的江湖掀起腥風血雨：（1）青城滅福威，是
因為林家的《辟邪劍譜》，（2）岳不群為對抗左冷
禪，左冷禪為要合併五嶽劍派，蓋過少林武當，
滅魔教，兩人都覬覦渡元禪師傳下來的《辟邪劍
譜》；（3）魔教東方不敗作為天下第一的高手，也
是得力於渡元沒有從閔朱二人手上拿回的《葵花
寶典》。

十大組合

　　「組合」是武俠小說的「特產」。師父收了很多徒兒，隨便幾個武功高一點的，就可以用「組合」之名闖蕩江湖，如《笑傲江湖》的青城四秀，這是其一。江湖人士愛結拜，一人之力難以揚名立萬，就跟幾個志同道合的朋友混在一起，群策群力，敢招惹上來的敵手就相對少一點，如《射鵰英雄傳》的江南七怪，這是其二。除了自組隊伍，還有「被組合」的隊伍，其中又分兩個情況，第一來自「職位」，那是來自單位的組合，如《倚天屠龍記》中的四大法王、五散人、波斯三使、十二寶樹王；有時，兩個以上的人，只要稍有共通點，也可能會被他人組成隊伍，如《倚天屠龍記》的雪嶺雙姝、《連城訣》的鈴劍雙俠。這是其三。

　　組合是群戲，人人性格不同，功能各異，成員愈多，創作的人安排戲份也就愈難。強如金庸，有時也難免顧此失彼。《射鵰英雄傳》黃藥師座下六大弟子，馮默風要到《神鵰俠侶》才能上場，武罡風一直坐在後備席，最終都領不到「通告」，無緣演出。《倚天屠龍記》的十二寶樹王大堆頭地來到中土，除了裝模作樣開開會，談談要不要燒死黛綺絲，過半寶樹王連一句對白都沒有，只是群演，領了飯盒就可以收工。

全真七子

　　《射鵰英雄傳》甫一開始，全真七子的丘處機即已登場，金庸給的評價是：「武功蓋世的當今第一位大俠」（舊版《射鵰英雄傳》第五續，《香港商報》1957 年 1 月 5 日）。不過，金庸在創作《射鵰英雄傳》初期，腦袋裏根本沒有想過搬出「全真教」，更沒有想過要成立「全真七子」這個組合，要為丘處機找師兄弟。丘處機，從一開始就是以個體戶出現。然

梅超風牛家村大戰全真七子

而，故事的發展是：丘處機根本不足以成為絕世高手，必須要有更高層次的人物才能壓陣。一直到三個月後，寫江南六怪遇上銅鐵雙屍時，「全真」二字才第一次出現，象徵金庸這時已經構思出更高層次的人物，五絕已經醞釀，因為他説「黃藥師決不在名聞關東關西的全真教與威震西南的段氏之下」（舊版《射鵰英雄傳》第八八續，《香港商報》1957 年 3 月 31 日）。不過，「全真七子」之名，要到馬鈺與江南七怪討論如何對付梅超風時才首次出現（舊版《射鵰英雄傳》第一一九續，《香港商報》1957 年 5 月 1 日）。自從有了天下五絕，全真七子頓時降了格，丘處機也不再是「武功蓋世」的第一大俠。

雖然全真七子武功不高，但在《射鵰英雄傳》與《神鵰俠侶》中卻佔了非常重要的戲份，一直是推動情節發展的強大助力。馬鈺教郭靖睡覺吐納，為郭靖日後成為天下第一打下穩固基礎。王處一受傷，為郭靖、黃蓉製造經歷患難的機會。全真七子與黃藥師周旋，譚處端被西毒所殺，激起了眾

人殺敵之心。郝大通錯手打死了孫婆婆，是楊過進古墓派的最大助力。孫不二是楊龍二人在重陽宮拜堂的見證人。七子之中，只有劉處玄戲份較少。

全真七子在小說中還有一個功能，就是佈「天罡北斗陣」，那是中神通王重陽的精心之作。全真七子天罡北斗陣，可以力敵四絕任何一人。七子後來改良與強化「天罡北斗陣」而成「天罡北斗大陣」，又閉關研發出合眾人之力對抗強手的「七星聚會」，徹底讓全真教變成重「群鬥」的教派。

江南七怪

江南七怪武功不高，七人聯手，只能與五絕的徒弟打成平手。《射鵰英雄傳》中，江南七怪有兩個功能，一是作為主角郭靖武功上的啟蒙恩師（實際上傳授武功的只有六人），

江南七怪在大漠終於找到了郭靖

二是作為犧牲品，除了柯鎮惡，其餘五人死在歐陽鋒與楊康之手，並嫁禍給黃藥師，讓郭靖、黃蓉感情生變。雖然不是重要人物，對於小說情節能夠往前推進，有着不可更易的地位。因為，以郭靖與黃蓉的關係，其餘事情根本動搖不了兩人的感情，唯有至親喪命，有了血海深仇，才能製造出難以越過的隔閡鴻溝。

漁樵耕讀

　　《射鵰英雄傳》中，漁樵耕讀原是南帝段智興的臣子，段智興出家後，四人伴隨，成為一燈大師座下四大弟子，由於並非在江湖上行走，因此並沒有組合的稱號。

　　黃蓉受重傷，瑛姑指點往找南帝治病，郭黃二人沿途遇上四人阻攔，先是漁人，之後依次是樵子、農夫和書生。四

山道上有個農夫（漁樵耕讀的「耕」），雙手托着岩石，岩石上仰着一隻牛。

一燈大師弟子泗水漁隱（左）與郭靖黃蓉

人在各自的崗位上設下關卡，漁人垂釣，樵子歌詠，農夫舉石，書生吟對。郭黃二人用盡方法闖關，終得見已出家為僧的南帝一燈大師。

　　漁樵耕讀的外形十分鮮明，在《射鵰英雄傳》中，雖然只有一次明顯的「戲份」，卻給讀者留下深刻的印象。不過，到了《神鵰俠侶》，四人中的三人又再出現，且各有各的特色與功能。農夫武三通率先揭開序幕，參與了李莫愁滅陸家情節，與妻子武三娘抵禦李莫愁。武三娘中毒身亡，武三通半瘋，留下一雙兒子武敦儒與武修文，兩人最後拜在郭靖門下。

　　郭靖召開英雄大會，書生朱子柳與泗水漁隱（漁人）出席盛會，更分別與金輪法王兩大弟子霍都王子與達爾巴對戰。朱子柳把一陽指融入書法中，威力驚人，無奈過於君子，遭霍都暗算而敗下陣來。泗水漁隱則以鐵杖迎戰達爾巴，斷杖而敗。

　　一燈大師的四大弟子到底為何以漁樵耕讀姿態示人，金

庸並沒有說得很清楚。朱子柳原是大理國狀元，書生身分符合人設。但樵子原是大將軍，為何會變成「樵」，金庸並沒有清楚交代。到底四人是在南帝段皇爺出家後才「發展」出漁樵耕讀的形象？還是人在大理段皇爺麾下時，已經有漁樵耕讀的影子？

不過，金庸後來寫《天龍八部》，大理皇宮中有四大護衛，當中的古篤誠擅使雙斧，曾作樵子打扮。褚萬里的兵器是鐵釣魚竿，又曾扮作漁人。朱丹臣名號「筆硯生」，以判官筆為兵器。三人形象都與漁、樵、讀相近，則或會讓讀者出現錯覺，以為朱子柳等四人的形象「世襲」，從北宋（段正淳時代）繼承而來，如此一來，又顯得耐人尋味了。

玄冥二老

玄冥二老是《倚天屠龍記》中武功最高的反派人物，因為練就「玄冥神掌」而得名。據張三丰所說，江湖上最後一個會使玄冥神掌的是百損道人（舊版叫「百損頭陀」），玄冥二老或是百損道人的傳人。

玄冥二老雖然是反派第一高手，在小說中卻沒有很出色的表現，最大的功能就是打了張無忌一掌，讓強如第一高手張三丰與蝶谷醫仙胡青牛都束手無策。不過，張無忌如果不是中了這歹毒武功，就無從引出九陽神功；九陽神功不出世，則無以成就張無忌偉大的明教事業。由此可見，玄冥二老是關鍵人物。

不過，玄冥二老雖然武功勝過明教所有高手（張無忌除外），金庸不但沒有讓這兩人有好的表現，還把他們寫得十分窩囊：

　　第一、在萬安寺囚禁六大派一事中，玄冥二老是最重要的把關人物，兩人輪流掌管十香軟筋散與解藥，卻因為各自的弱點（好色與貪杯），而中了苦頭陀的計謀，交出了十香軟筋散的解藥，讓元廷一方無功而還。

　　第二、張無忌悔婚後，偕受傷的趙敏往找金毛獅王，途中遇上趙敏兄長王保保手下的十八番僧（舊版是天竺三番僧），張無忌以一人之力與十八番僧鬥內功，原可取勝，玄冥二老卻出手偷襲，打傷張無忌。身為反派第一高手，竟行偷襲，實在卑劣。

　　第三、屠獅大會後，二人竟然聯手對付周芷若。玄冥二老屬宗師級人馬，輩分高於滅絕師太，卻聯手攻擊後輩，更讓人不齒。

四大法王

　　「明教四王　紫白金青」在《倚天屠龍記》中擁有極高人氣，而且像武當七俠一樣，貫穿整個故事。

　　金毛獅王謝遜是整個故事的核心：（1）多年前因為一家上下被師父混元霹靂手成崑殺害，為要逼出成崑下落，到處殺人，留書乃師所為，因而牽動了整個江湖，誓要找他報仇。最後，他更錯手殺了少林寺四大神僧之首空見大師。空見臨死前告訴謝遜，除非找到屠龍刀，發現刀中秘密，否則打不過成崑。（2）天鷹教（舊版叫白眉教）最後得到屠龍刀，在王盤山揚刀立威，謝遜到來搶刀，帶走殷天正女兒殷素素與武當派五俠張翠山（其餘眾人給獅吼功震至神智不清），張殷兩人最後在島上成親，生下張無忌。謝遜前半生所作的惡，結果由張翠山一家償還，眾人想從他們身上知道屠龍刀下落，

光明頂上，白眉鷹王（左）獨力對抗六大派

逼死了張翠山夫婦，張無忌中了玄冥神掌後，也遭朱長齡等人欺騙，想去找謝遜要屠龍刀。謝遜重返中土後被囚於少林寺，《倚天屠龍記》最後一段故事「屠獅大會」，就是針對謝遜而開展的。為救謝遜，殷天正甚至死於少林。

　　白眉鷹王殷天正與《倚天屠龍記》故事也有深刻的關連：（1）離開明教後創立天鷹教，手下眾人策動搶奪屠龍刀，遂有了揚刀立威的情節。（2）女兒殷素素是主角張無忌的媽媽。（3）六大派圍攻光明頂，明教一眾高手身受圓真幻陰指所傷，戰力盡失，全靠白眉鷹王發揮護教法王的功能，力抗六大派高手，支撐到張無忌現身。（4）故事尾段「屠獅大會」召開前，為救謝遜，張無忌聯手楊逍與殷天正再闖金剛伏魔圈，殷天正發揮最後一次護教職責，最後油盡燈枯而亡。

　　紫衫龍王黛綺絲也就是金花婆婆，原為波斯明教聖女，被派到中土明教當臥底，尋找護教神功「乾坤大挪移」。黛綺絲原是以客人身分留在中土明教，後來韓千葉上門向教主陽頂天挑戰，並要求在碧水寒潭對戰，黛綺絲自告奮勇，打敗

韓千葉。因維護教主威嚴有功，獲推舉為護教法王，正式成為明教中人。陽頂天後來失蹤，謝遜發現黛綺絲出入明教秘道，黛綺絲破門出教，從此與韓千葉居於靈蛇島，並以「金花銀葉」綽號行走江湖，十多年後派女兒小昭上光明頂找乾坤大挪移心法。小昭後來隨張無忌到靈蛇島，碰巧波斯明教派人來中土，識破金花婆婆真正身分，小昭在迫於無奈下出任波斯明教教主，黛綺絲戴罪立功（讓小昭找到乾坤大挪移心法），與小昭回歸波斯。

青翼蝠王韋一笑擅長輕功，獨門武功是寒冰綿掌；因練功走火入魔，以致每次運功都要吸人血，後經張無忌以九陽神功醫治，解除運功後寒毒攻心之危，因而從此不用再吸人血。四大法王中，金庸描寫得最少的是青翼蝠王。

武當七俠

金庸在《倚天屠龍記》的後記中提到「武當七俠」，謂七俠之間的兄弟情，正是小說所要傳達的男子間的情義。由此可見，七俠之於金庸，不只是七個武功高強的江湖人物，帶動情節，還具備傳達主題思想的功能。

武當七俠帶動《倚天屠龍記》情節發展是個不爭的事實，甚至可以說，以倚天劍、屠龍刀為題的小說故事，就肇始於武當七俠。早在張無忌出生之前，三俠俞岱巖（舊版作「俞岱岩」）率先因屠龍刀犧牲，四肢骨碎殘廢。五俠張翠山接力，上了王盤山，捲入屠龍刀的紛爭，結識了殷素素，最後讓張無忌成功出生。張翠山等人從冰火島回中原，二俠俞蓮舟迎接。張無忌中玄冥神掌後，目睹峨嵋掌門滅絕師太親手掌殺徒兒紀曉芙，紀正是六俠殷梨亭的未婚妻。張無忌長

俞岱岩（左）求了懷有屠龍刀的德成

大後更親身經歷殷梨亭（舊版故事叫殷利亨）被金剛門傳人
打至傷殘。大師伯宋遠橋的兒子宋青書是張無忌的情敵。七
俠莫聲谷更在倚天故事後段身故，讓張無忌被短暫誤會。俞
蓮舟與殷梨亭，在屠獅大會中，也發揮了一定的功能，把宋
青書打至重傷，讓他不能再作惡。七俠之中，除了四俠張松
溪，金庸比較少提到，缺乏明顯功能，其餘各人，在故事中
都有自己的位置與功能。

南四奇

南四奇只在《素心劍》（修訂版更名《連城訣》）後段
出現，旨在營造緊張的氣氛，讓故事有追看的價值。南四奇
武功高強，任何一人都與反派第一高手血刀老祖旗鼓相當。
四人對付血刀老祖，本應是十拿九穩的事，金庸卻安排了一
場雪崩，改變了正常的比試場地，讓血刀老祖能設計逐個擊

破。結果是，即使合四人之力，南四奇三死一降。小說好看
與緊湊的地方，就在於血刀老祖如何逐個擊破南四奇。

太岳四俠

　　《鴛鴦刀》是金庸專為電影而寫的原創小說。金庸為電影
故事設計了「太岳四俠」這個滑稽人物組合，在電影與小說
中發揮幽默的功能：四人武功低微，但「自我催眠」、充滿自
信，給人高手的錯覺。當真正與人動手時，卻掀了底，被打
得人仰馬翻。金庸以「虛張聲勢」來描寫太岳四俠，但四俠
與人動手後被打得落花流水，由於前後落差太大，從而製造
了幽默的氣氛。不過，太岳四俠也不是純搞笑人物。如果不
是因為四俠在污泥河中意外地網住了受傷的卓天雄，拿回鴛
刀，就不能掀出雙刀的秘密「仁者無敵」。

四大惡人

　　在金庸的創作原意中，《天龍八部》要寫的是雲南大理的
故事。大理的江湖，除了皇族段家與天龍寺眾僧外，頂尖人
物就是「三善四惡」。不過，隨着故事往前發展，金庸改變了
當初的想法，江湖一時間變得無限大，段譽、喬峰（其後改
回本姓，更名蕭峰，本書所提「喬峰」與「蕭峰」即同一人）
與虛竹走遍神州大地，從大理到大宋到女真到大遼到西夏。
當日被推崇為大理江湖頂尖人物的那七個人，「三善」神隱，
從始到終都不曾出現在小說故事中，而「四惡」則被降等級，
隨着更厲害的人物出現，四大惡人的身分完完全全屈居於逍

上圖為南海鱷神（左）、中圖為雙腿已斷的段延慶（右）、下圖為抱着
別人孩子的葉二娘（右）

遙派、丐幫、姑蘇慕容家、星宿派，以至天山靈鷲宮之下，不再是江湖上舉足輕重的人物。

不過，已創造出來的人物，即使等級被調低，金庸仍然賦予四人應有的戲份，特別是「惡貫滿盈」段延慶與「無惡不作」葉二娘。《天龍八部》故事前小半段，「凶神惡煞」南海鱷神與「窮凶極惡」雲中鶴在大理發揮了作用，為段譽製造危機，營造緊張氣氛。不過，二人在推進小說故事上並沒有很大的功能。

相比之下，金庸因應葉二娘的人設而重新給予新功能。葉二娘之所以是惡人，完全是因為經常拐走並殺死兒童，然而，這個人設沒有替葉二娘從雲中鶴、南海鱷神手中搶走應有的鋒芒，在《天龍八部》故事的發展過程中，葉二娘經常被讀者忽視，因為，大家都說不出她的功能。然而，在故事發展的後段，金庸並沒有放棄葉二娘，反而讓葉二娘從一個毫不起眼的角色，一躍成為關鍵人物，把幾十年來看似不相關的江湖大事串連起來：

（1）幾十年前，帶頭大哥受人欺騙，以為契丹人來犯，於是帶同江湖好手埋伏雁門關外，擊殺前來中原的契丹隊伍，留下契丹小孩。（2）帶頭大哥原是少林僧人，犯了色戒，女方（葉二娘）誕下孩子，卻被人擄走，從此走上惡人之路。（3）小孩被安放在少林寺中，成為了少林僧人，帶頭大哥玄慈後來成了少林方丈。（4）幾十年後，契丹小孩蕭峰成了丐幫幫主，由於身分被揭穿，最終離開了丐幫。後來與段譽、虛竹成了異姓兄弟。

蕭峰被虛竹的父親玄慈破壞家庭，而虛竹也被蕭峰的父親蕭遠山從母親葉二娘手中擄走。眾人因緣相關而恩怨複雜，葉二娘卻成了串連其中的關鍵人物，金庸也順帶解釋了葉二娘人設的來源：當日兒子被搶走，今天自己也去搶別人

的孩子。

　　至於四大惡人之首「惡貫滿盈」段延慶，金庸又巧妙地讓他作為整個故事收尾的關鍵人物：以鬧劇來解決鬧劇。當年的段正淳到處留情，讓今天的段譽碰到可談婚配的女孩最終都成了自己的妹妹，這是當下的鬧劇。然而，段正淳的髮妻刀白鳳當年為要報復丈夫風流行徑，不惜作賤自己，委身給路邊乞丐（段延慶）。正因如此，本來不是段正淳的女兒都變成了女兒，本來是段正淳的兒子又變成了不是兒子。兩個鬧劇負負得正，最終讓段譽與王語嫣終成眷屬（舊版與修訂版）。

　　從四大惡人中可以看到金庸創作故事的神來之筆，隨着故事往前發展，金庸並沒有完全放棄原來創作出來的人物，反而經過巧妙的安排，讓每個角色都在故事中有很好的發揮。《天龍八部》三大主角喬峰、虛竹與段譽，從開始到結局，都與四大惡人緊緊相扣；《天龍八部》其他反派角色，就沒有這種「際遇」了。小說故事中還有許多其他組合：慕容家四大隨從、段家四大家臣、大理三公、泰山五雄、聾啞老人座下函谷八友，沒有一個組合能與四大惡人相比。

桃谷六仙

　　桃谷六仙是《笑傲江湖》的滑稽人物，主要用作帶動現場氣氛。六怪是六兄弟，裝扮奇特，經常爭執，為爭拗而爭拗。正因為經常爭拗，為贏對方，往往東拉西扯，把不相干的事情牽涉進來，或正意反用，反意正用，從而讓嚴肅的場面變得輕鬆。《笑傲江湖》情節緊湊，但有了桃谷六仙的插科打諢，調動故事節奏，也會讓讀者在適當的時候放鬆，從而豐富小說的閱讀趣味。

　　桃谷六仙在推動小說情節上有兩個主要功能。第一、他們是令狐冲真氣紊亂、幾成廢人的元兇。封不平把令狐冲打至重傷，六怪分別從不同穴道輸送真氣至令狐冲體內，真氣互相衝撞，之後不戒和尚為了壓抑六道真氣，又輸入兩道真氣。八道真氣「驅不出、化不掉、降不服、壓不住」。往後的故事，如五霸崗上眾人為令狐冲療傷、任盈盈上少林求《易筋經》救治令狐冲、被向問天設計囚於西湖底而終練成了「吸星大法」，都起始於這幾道真氣。第二、他們是任盈盈的「傳聲筒」，在五嶽劍派合併大會上，任盈盈透過桃谷六仙你一言我一語，揭發左冷禪的盤算。

　　五嶽劍派合併後，任我行要去剿滅恆山派。少林方證大師訛稱桃谷六仙帶來了風清揚的口信，授與令狐冲一套內功。當然，這只是方證大師的「誑語」，內功實際上是《易筋經》，桃谷六仙不曾受風清揚委託，也不曾背過《易筋經》經文，桃谷六仙的功能，只是借出名字而已。

令狐冲（中）與桃谷六仙

第◆四◆章

十大兵器

《雪山飛狐》第四回〈胡一刀和苗人鳳〉
出自《明報晚報》1971-11

　　武俠小説人物都有配兵，常常憑着神兵利器解除當下的厄困。金庸也不例外，從《書劍恩仇錄》開始，幾乎每本小説都在武器上花心思，陳家洛的九鈎盾牌與鋼珠繩索以奇特見稱，張召重的凝碧劍是第一把神兵利器，《碧血劍》的金蛇劍也以奇形聞名，還配上了專屬的武功金蛇劍法，《射鵰英雄傳》的打狗棒與打狗棒法、玉簫與玉簫劍法可以説是一脈相承，一直到《倚天屠龍記》，金庸一口氣創作了三種讓人難以忘懷的兵器：倚天劍、屠龍刀與聖火令，甚至成為了小説的主題。不過，《倚天屠龍記》以後，金庸創作小説時就沒有再在兵器上下功夫，而回歸情節與人物本身。一直到《鹿鼎記》時，由於韋小寶武功太低，才又故技重施，給他配上一把削鐵如泥的匕首。

九鈎盾牌與鋼珠繩索

　　《書劍恩仇錄》中，金庸其實創造了不少武器，如關東六魔的鐵琵琶與五行輪。只是，由於關東六魔武功不高，兵器雖然奇形，但最終得不到充分的發揮。鈎盾與繩索是金庸小説史上第一種奇門兵器，由紅花會總舵主陳家洛使用。在黃河邊，紅花會傾巢而出，想要劫回四當家文泰來時，陳家洛用來對付清廷高手。金庸這樣描寫：「陳家洛左手舉盾牌一擋，月光之下，朱祖蔭見敵人所使用的是一個奇形兵刃，盾牌上生着九枚明晃晃的尖利倒鈎，自己單刀只要和盾牌一碰，就得被倒鈎鎖住，心中一驚，急忙抽刀。陳家洛的盾牌可攻可守，順手按了過來，朱祖蔭單刀斜切敵人左肩。陳家洛盾牌一翻，倒鈎橫扎，朱祖蔭退出兩步。陳家洛忽然右手一揚，五條繩索迎面打來，每條繩索尖端均有一個鋼球，專

點人身三十六個大穴。」金庸再透過旁觀者駱冰的口來描述
這副兵器的威力：「總舵主的兵器很厲害，左手盾牌，盾上有
尖刺倒鉤。右手是五條繩索，索子頭上還有鋼珠。」奇門兵
器要配合奇門武功，陳家洛是天池怪俠袁士霄的徒弟，袁士
霄武功別成一格，百花錯拳集天下的大成而不拘一格，陳家
洛的武功配合盾、索，也一度讓張召重處於下風，只是，張
召重擁有堪稱是《書劍恩仇錄》中第一兵器凝碧劍，盾牌與
之相比，不夠堅硬，被削去兩根倒鉤，繩索也被削斷。這副
奇門兵器，因此不再出現。一直到《神鵰俠侶》，小龍女在終
南山對上郝大通時，用上獨門武器金鈴索，可以說是陳家洛
鋼球繩索的改良版，由五條繩索變一條綢帶，末端由鋼球改
為金球（金鈴鐺），功能一樣，專門打人穴道。由於小龍女配
金鈴索太過深入民心，又由於大部分《書劍恩仇錄》的電視
劇中，陳家洛都沒有用過這副兵器，以致讀者對陳家洛的兵
器印象遠不如對小龍女金鈴索的印象深刻。

凝碧劍

　　與《神鵰俠侶》的玄鐵劍及《倚天屠龍記》的倚天劍相
比，《書劍恩仇錄》中凝碧劍的名堂雖然不夠響亮，卻是金
庸創作中第一把無敵利刃。凝碧劍是《書劍恩仇錄》故事反
派第一高手張召重的配劍，武當三師兄弟中，陸菲青的白龍
劍，遠遠不如凝碧劍鋒利。張召重與陳家洛、周仲英、王維
揚等人，武功在伯仲之間，劍法不及無塵道長，靈活多變不
如趙半山，但與紅花會眾人對打多次中，都仗着凝碧劍而化
險為夷；砍斷陳家洛的奇門兵器，削斷過無塵道長的利劍與
王維揚的紫金八卦刀刀頭。在紅花會多次來犯，搶奪文泰來

張召重（左）凝碧劍脫手

的對戰中，張召重即使面對高手輪流戰，都能憑着凝碧劍而
要對方空手而回。

　　不過，凝碧劍不是《書劍恩仇錄》中最鋒利的兵器，霍
青桐贈予陳家洛的短劍，利刃下還有一層劍鋒，足可吹毛斷
髮，張召重知道後，也怕凝碧劍會被短劍削斷。

金蛇劍

　　金蛇劍原是五毒教三寶之一，原名碧血金蛇劍，夏雪宜
誘騙五毒教的何紅藥偷劍，「金蛇郎君」的外號也由是而來。
「碧血」二字，源於金蛇劍「劍身上一道血痕，發出碧油油的
暗光」。舊版時期，金庸取「碧血」二字而刪去「金蛇」二字，
1971 年初次修訂後的《碧血劍》在《明報晚報》連載，金庸
用回劍的本名，把書名改為《碧血金蛇劍》，並在首天連載時

開宗明義指出改書名的原因：（1）金蛇郎君是關鍵性人物、（2）袁承志用金蛇劍做武器。可見金蛇劍是全書的象徵。

不過，在舊版《碧血劍》中，金庸初時對金蛇劍的描寫並不多，只有聊聊數句：「只見那劍身形狀甚為奇特，整柄劍就如蛇盤曲而成，蛇尾勾成劍柄，蛇頭就是劍尖，蛇舌伸出分叉，所以那劍尖頭卻有兩叉。」（舊版《碧血劍》第五八續，《香港商報》1956 年 2 月 27 日）1971 年改寫時，金庸對金蛇劍的描述就仔細得多了：「突然之間，全身涼颼颼地只感寒氣逼人，只見那劍形狀甚是奇特，與先前所見的金蛇錐依稀相似，整柄劍就如是一條蛇盤曲而成，蛇尾勾成劍柄，蛇頭則是劍尖，蛇舌伸出分叉，是以劍尖竟有兩叉。那劍金光燦爛，握在手中甚是沉重，看來竟是黃金混和了其他金屬所鑄，劍身上一道血痕，發出碧油油的暗光，極是詭異。」（明晚版《碧血劍》第二二續，《明報晚報》1971 年 6 月 14 日）除了繼續描寫金蛇劍的外形，還加入了（1）觸覺（寒氣逼人）、（2）色彩（金光燦爛、血痕、碧油油的暗光）、（3）重量、（4）物料，並且指出與金蛇錐同出一轍。

金蛇劍削鐵如泥，配合金蛇郎君創出的金蛇劍法，威力甚鉅。不過，在《碧血劍》故事中，金庸卻沒有好好發揮這把劍的威力。袁承志與人對打時，雖然仗着金蛇劍鋒利，往往能削斷對手兵刃（例如五毒教教主何鐵手的金鈎），金蛇劍卻始終沒有立過重要的「功勞」。

如果要數金蛇劍在小說中參與的重要情節，就是崇禎皇帝拿它來砍掉長平公主（阿九）的左臂。不過，金蛇劍憑着獨特的外形，讓人留下深刻的印象，成為小說的象徵，又是不爭的事實。

打狗棒

　　打狗棒既是武器，又是信物，代表丐幫幫主的權柄。在金庸所創全部兵器中，打狗棒的出現時間最長，從 1957 年到 1967 年，金庸連續寫了「射鵰三部曲」與《天龍八部》，這四部小說中都有丐幫，劇情也會提到打狗棒。《射鵰英雄傳》中，楊康拿了黃蓉的打狗棒到了君山，被誤會成為丐幫幫主，最後因為不知道打狗棒的名字而被識破。《神鵰俠侶》中，楊過用打狗棒與霍都對打，後來新任丐幫幫主魯有腳被殺，打狗棒失蹤，經過楊過查探，發現殺人者乃霍都，假扮成丐幫弟子何師我混在丐幫之中。《倚天屠龍記》中，丐幫幫主史火龍被成崑打傷致死，陳友諒找人冒充史火龍，但拿不出打狗棒。最後黃衫女子帶着史火龍女兒史小翠拿着打狗棒來到，才徹底拆穿陳友諒的陰謀。《天龍八部》中，喬峰被幫眾懷疑身世，交出丐幫幫主之位，也隨即交還打狗棒。

　　金庸形容打狗棒的外形是「晶瑩碧綠的竹杖」，實在過

君山軒轅台上，黃蓉奪去楊康的打狗棒。

於含糊。比起外形，讀者更有印象的是與打狗棒相配的「打狗棒法」。這套棒法是丐幫鎮幫之寶，但只有幫主一人可以繼承。棒法分招式與口訣兩種，傳遞的方式是一傳一，由現任幫主傳給繼任人，而且不立文字。洪七公甚至認為可以憑這套棒法在第二次華山論劍中佔有優勢。打狗棒法共三十六式，但金庸小説只舉出過其中幾招，最後一招為「天下無狗」。

玄鐵劍

　　《神鵰俠侶》中的玄鐵劍原是前人劍魔獨孤求敗在三十至四十歲時用的配劍，劍魔憑此劍橫行天下。神鵰帶楊過到劍塚，讓楊過看到劍魔留下的三柄寶劍，並把重劍交給楊過，要楊過在山洪中練重劍之術。金庸謂玄鐵劍「三尺多長」，「共重八八六十四斤，比之戰陣上最重的金刀大戟尤重數倍」。「兩邊劍鋒都是鈍口，劍尖更是圓圓的似是一個半球」，「劍身深黑之中隱隱透出紅光」，乃以玄鐵鑄成。這玄鐵「乃天下至寶，便是要得一兩也是絕難，尋常刀槍劍戟之中，只要加入半兩數錢，凡鐵立成利器」。雖然劍鋒為鈍口，但獨孤求敗評為「重劍無鋒，大巧不工」。楊過在練成重劍之後，臂力與內力大增，能夠發揮出玄鐵劍的威力。後來在全真教重陽宮前與金輪法王等人對戰，也憑着玄鐵劍令對手兵器折斷碎裂，更大敗法王。

　　只是，玄鐵劍在舊版與修訂版中，有不同的命運。舊版《神鵰俠侶》中，楊過等不到小龍女回來，離開絕情谷時，把玄鐵劍「拋在絕情谷中，沒再取回」，但玄鐵劍畢竟是劍魔之物，任意棄置似有不妥，故金庸改寫時，楊過並沒有扔掉玄鐵劍，只是從此以後不再使用，一則楊過更進一步練習，冀

楊過以玄鐵劍砍斷法王五輪

能達到獨孤求敗的木劍境界，二則後來練成了黯然銷魂掌，
就更沒有機會用到玄鐵劍了。

　　金庸寫到《倚天屠龍記》時，把玄鐵劍再搬出來，説黃
蓉把楊過的玄鐵劍加入西方精金另鑄成屠龍刀與倚天劍。不
過，舊版並沒有解釋黃蓉是如何找到玄鐵劍的（因為玄鐵劍
明明已經被楊過拋在絕情谷），修訂版與新修版則改為楊過把
玄鐵劍送給了郭襄。

法王五輪

　　舊版與修訂版《神鵰俠侶》中反派武功最高的是金輪法
王，到了新修版，金庸把「法王」改為「國師」。金輪法王
的獨門兵器是「五輪」，有金銀銅鐵鉛五種，但由於法王單
用金輪，已罕逢敵手，因此得了「金輪法王」的稱號。這金
輪乃由黃金鑄成，中間藏着九個小球，隨手一抖，金輪就會

金輪法王拋出五輪

發出驚心動魄的響聲。中原武林人士從未見過金輪這種奇門
武器，「不論刀槍劍戟、矛鎚鞭棍，碰到了這金輪全然無法施
展，被他輪子一鎖一拿，兵器非脫手不可」。（筆者案：文中
所有引文，如果沒有特別標示為舊版、新修版，一律取自明
河出版社的《金庸作品集》。）

　　雖然說很少用到其餘四輪，但法王在人生最後一場戰役
「襄陽大戰」上，面對楊過等高手時，即使練上龍象般若功第
十一層，仍然要五輪並出，只是，最終都輸了給楊過，結束
生命。

　　《神鵰俠侶》中，金庸只描述了金輪的外形與功能，其餘
四輪卻完全沒有提及。小說轉化成電視劇、電影、漫畫時，
就為改編者提供了無限的想像空間，各自設計出獨特的金輪
或五輪來。

屠龍刀、倚天劍

　　在金庸所有武俠小說中，出自《倚天屠龍記》的屠龍刀與倚天劍無人不識，堪稱人間「第一」神兵。這對刀劍之所以能夠名動江湖，除了由黃蓉鑄造與異常鋒利外，還因為伴隨着刀劍的，還有人人為之側目的二十四字真言：「武林至尊，寶刀屠龍，號令天下，莫敢不從。倚天不出，誰與爭鋒。」武當掌門張三丰還為這二十四字真言研究出「倚天屠龍訣」。然而，能夠解開傳聞的人，天下間只有一人，就是峨嵋掌門。上代江湖中，黃蓉把《武穆遺書》、《九陰真經》、降龍十八掌等典籍武學的精要，放在刀劍夾層中，刀劍互擊就能彼此斷開，在刀劍中空的地方找到精要。

　　不過，作為金庸小說最至高無上的兩把兵器，金庸卻沒有太仔細地描述其外形。倚天劍四尺來長，有劍鞘，劍鞘隱現青氣，用金絲鑲着「倚天」二字。屠龍刀也是四尺來長，「烏沉沉」的。兩柄兵器都異常鋒利，與其他兵器對打時，除了聖火

阿大（左）以倚天劍對戰張無忌木劍

令，其餘無堅不摧。之所以無堅不摧，那是因為刀劍乃黃蓉把楊過贈與郭襄的玄鐵劍給鎔了，再加入西方精金而成。

峨嵋第四代掌門周芷若取出所藏要訣，意味刀劍最終都斷開作廢。不過，明教銳金旗掌旗使吳勁草與烈火旗掌旗使辛然合力，成功接續兩截屠龍刀。

不過，金庸對屠龍刀、倚天劍的描寫其實有嚴重的破綻，因此到了新修版時，改變了相關設定。第一、玄鐵劍只有三尺來長，即使加入西方精金，也不可能鑄成兩把四尺來長的刀劍。因此，新修版重新釐定了刀劍的「原材料」：玄鐵劍鎔化後混入西方精金而鑄成屠龍刀，倚天劍則由君子劍與淑女劍鎔鑄而成。第二、舊版與修訂版都說刀劍中所藏的兵法精義與武功精義是寫在紙片上（雖然沒有明說，但後來趙敏從周芷若身上順手牽羊出來的，卻是紙片），然而鑄造的刀劍冷卻前極高溫，又怎能把紙片放在中空位置而不被燒成灰？新修版把紙片改為玄鐵片，但玄鐵片面積小，不能刻那麼多字，只能刻上地圖，指示如何尋找遺書與真經的要義。

明教銳金旗掌旗使吳勁草重新接上斷開的屠龍刀

　　另外，要取得刀劍中空位置的地圖，也不再是刀劍互擊，而改為在屠龍刀刀背七寸處有一個位置並非用玄鐵鑄成，只要用倚天劍劍柄以下七寸的位置來切中屠龍刀刀背七寸的地方，慢慢磨鋸，刀劍就會斷開兩截。

　　雖然金庸很努力去彌補舊版與修訂版的瑕疵，但只改方法不改原則，以致還有一個破綻最終都依然存在。因為刀劍互擊或互相磨鋸的結果，必然是同時得到武穆遺書與《九陰真經》要義，得兵法者同時得到武功。但二十四字江湖傳聞，卻是指得兵法得天下的人如果對人民暴虐，就會有人拿着倚天劍來替天行道。二十四字真言所指的，得兵法與武功的既不是同一人，也不在同時，又顯然與黃蓉當初鑄刀劍時的想法完全不同。

聖火令

　　聖火令在《倚天屠龍記》中只出現很短的時間，張無忌隨趙敏搭上金花婆婆開往靈蛇島的船，金花婆婆原來是明教昔日的紫衫龍王，與謝遜爭執時，波斯明教三使拿着失落已久的六枚聖火令出現，瞬間擊倒龍王。而與謝遜周旋之際，張無忌協助謝遜，卻發現波斯三使武功怪異，有點像乾坤大挪移，卻又不同，一時難以招架。

　　聖火令共有六枚，金庸初時的描述是「一條兩尺來長的黑牌」，雖然看起來不顯眼，但金庸說「非金非玉，質地堅硬無比」，因而能夠抵住屠龍刀與倚天劍的鋒利而絲毫無損。「六令長短大小各不相同，似透明，非透明，令中隱隱似有火焰飛騰，實則是令質映光，顏色變幻。每一枚令上刻得有不少波斯文字」，聖火令乃當年波斯「山中老人」霍山所鑄，

霍山把畢生武功精要都刻在令上。六枚聖火令上的文字都不相同，由淺入深，最長的最淺，最短的最深。不過，聖火令上的武功只屬旁門左道的極致，與九陽神功，以及波斯明教護教神功乾坤大挪移相比，又遠遠不如。三使所有的怪異武功，並非純是聖火令上的功夫，乃是後人融合一兩成乾坤大挪移心法與兩三成聖火令武功而成，故張無忌與三使對打時，才有熟悉但又陌生的感覺。

聖火令與明教同時由波斯傳入中土，一直是明教教主的令符，只是中土無人識得波斯文字，因此，也無人通曉聖火令上的武功。數十年前，聖火令為丐幫奪去，又輾轉流入波斯明教。三使持聖火令來中土，最終都被張無忌取回這失落了數十多年的教主信物。

聖火令到了新修版，又有一段不太相同的歷史：(1)聖火令一共有十二枚，都是由山中老人所鑄，其中六枚刻有山中老人畢生武學，另外六枚則空白無字。(2)十二枚聖火令與明教一齊傳入中土，中土明教在空白的令牌上刻上「三大令、五小令」的中土明教教規。

黑匕首

《鹿鼎記》中，韋小寶不太會武功，但有三樣「寶物」讓他化險為夷，黑匕首就是其中一樣。匕首初登場時，金庸這樣說：「只覺極是沉重，那匕首連柄不過一尺二寸，套在鯊魚皮的套子之中，份量竟和尋常的長刀長劍無異。韋小寶左手握住劍柄，拔了出來，只覺一股寒氣撲面而至……劍身如墨，半點光澤也沒有……隨手往旁邊一拋，卻聽得嗤的一聲輕響，匕首插入地板，直沒至柄……韋小寶隨手這麼一拋，

絲毫沒使勁力，料不到匕首竟會自行插入地板，而刃鋒之利
更是匪夷所思，竟如是插入爛泥一般。」這匕首原是韋
小寶與索額圖一同往鰲拜府抄家得來，沒有上報
而據為己有，伴隨匕首的，還有刀槍不入的
金絲背心。

　　韋小寶憑着匕首立下大功，又用來保命：
他削去海大富四根手指，到牢獄時殺了鰲拜，
後又殺死太后派來殺他的瑞棟等人，傷過假太后
毛東珠。

　　在金庸眾多小說中，《鹿鼎記》的匕首可能
是最不起眼也不甚具威力的兵器，但在故事中，卻
發揮出相當重要的功能，是韋小寶幸運之路上不可多得的
助力。

韋小寶抄鰲拜家時得到匕首

十大「丹藥毒藥」

　　武林人士行走江湖，除了靠武功，還要有小「秘技」，使用丹藥毒物往往為情節發展帶來意想不到的效果。丹藥毒物一般可以分為「天然」與「人工」兩種，天然指草藥植物或帶有毒性的「生物」，人工指經過提煉的丹藥毒藥以及帶有毒性的「媒介工具」，如《神鵰俠侶》中的冰魄銀針與玉蜂針。

　　金庸不單擅寫武，寫丹藥毒藥也像信手拈來，隨處可見。除了《越女劍》外，其餘十四部小說提及的丹藥毒物逾一百四十種：《白馬嘯西風》與《鴛鴦刀》各一種，而《倚天屠龍記》由於有蝶谷醫仙胡青牛，《天龍八部》有星宿老怪，《飛狐外傳》有毒手藥王，因此提到的丹藥毒物也是最多。這些丹藥毒物，有些只具點綴功能，但由於給金庸取了個好名字，就令讀者印象深刻，如《射鵰英雄傳》的「九花玉露丸」；有些則直接推動情節發展，如《倚天屠龍記》中的「十香軟筋散」「屢建奇功」，許多重要情節，如果沒有「十香軟筋散」，根本不能推進；有些更是具備奇異功效，為讀者帶來想像，添加閱讀樂趣，如《鹿鼎記》中的「豹胎易筋丸」，能改變人的身高胖瘦。

　　丹藥毒物，就是武俠小說的調味料，既能助興，也能讓情節有更豐富而多元的變化。

九花玉露丸

　　九花玉露丸是桃花島島主黃藥師研發的丹藥，朱紅色，有淡淡清香，滲人心脾。煉製丹丸的人要先搜集九種花瓣上的清晨露水，配上珍異藥材，煉製時更要配合天時季節，極費功夫。

　　武俠小說通常有奇丹妙藥，可以治病、辟毒、療傷，有

的更能提升功力，是俠客行走江湖的必備良藥。《射鵰英雄傳》以前，只有在《書劍恩仇錄》中提到天池怪俠袁士霄有「雪蔘丸」，金庸只說用珍貴藥材配製而成，功能可以起死回生。《碧血劍》中，更沒有提到任何靈丹妙藥。到了《射鵰英雄傳》，桃花島黃藥師的「九花玉露丸」平地一聲雷，金庸對於提煉之法有更細緻的描寫，玉露丸也配合故事劇情需要，時而出現。

　　與其他武俠小說不同的是，九花玉露丸更「貼地」，更「真實」。第一、九花玉露丸對人有補神健體、延年益壽的功用，當人中毒或受重傷時，能夠透過補充元素而稍緩症狀，因此，並不是如其他武俠小說一樣，有起死回生、增進一甲子功力等神奇功能。第二、要煉製九花玉露丸不容易，但並非不可能，雖然要珍貴藥材，但並不是萬年人蔘、千年何首烏等稀世奇珍。第三、由於九花玉露丸用的不是稀世奇珍的藥材，因此可以一次煉製很多粒，五湖廢人陸乘風就送了幾十顆的九花玉露丸給黃蓉。但其他武俠小說中的靈丹（如大還丹），往往只有一顆，頂多也只是幾顆而已。第四、由於大還丹等稀世丹藥，有奪天地造化之功，因此，在小說中只對單一事件發生影響作用（如某某主人公服用了大還丹後功力提升一甲子，能夠挑戰江湖第一高手，以報家仇）。九花玉露丸卻不同，像黃蓉、陸乘風、黃藥師等人隨身都帶着幾十顆，往往能夠參與劇情發展：

　　（1）可以用作固本培元、補充元氣、舒緩症狀：洪七公受傷後，黃蓉給洪七公吃九花玉露丸（這是修訂版情節，在舊版中，洪七公受傷後沒有吃過九花玉露丸）。郭靖被刺傷後，黃蓉給郭靖吃九花玉露丸。少年楊過中了冰魄銀針的毒，黃蓉又給楊過吃九花玉露丸。楊過為救郭靖而重傷，黃蓉也是給楊過吃九花玉露丸。一燈大師虛耗功力以一陽指治療黃蓉

掌傷，元氣大傷，黃蓉給一燈大師吃九花玉露丸（瑛姑更趁機摻和毒丸，讓一燈中毒）。

（2）送禮饋贈：幾十年前，天下五絕決戰多天，筋疲力盡，黃藥師拿出九花玉露丸分贈其餘四人。幾十年後，五湖廢人贈送幾十顆九花玉露丸給黃蓉，後來又拿來送給師父黃藥師。《神鵰俠侶》後半段，飛天蝙蝠柯鎮惡不敵沙通天等四人，答應各送四人九花玉露丸（每人三顆），以答謝對方讓自己先處理私事才殺他。

絕情丹

絕情丹出自《神鵰俠侶》，形狀如骰子，深黑色，腥臭撲鼻。絕情谷谷主公孫止祖上隱居絕情谷（舊版稱「水仙幽谷」），谷中有情花。情花有刺，被刺傷後十二時辰之內不能動相思情念，否則劇痛難當。如被眾多情花刺傷，更有性命之虞。公孫止祖上採製多種珍奇藥材，煉製成絕情丹，可解情花之毒。但丹藥難煉，除所需藥材難得外，更須歷經三年春露秋霜，才得以煉成。絕情谷本有很多絕情丹，但多年以前公孫止的妻子裘千尺發現公孫止出軌後，已把谷中幾百顆絕情丹浸泡在砒霜水之中，只保留了三顆，公孫止中毒後吃了一顆。

多年以後，楊過身中情花毒之時，絕情谷只剩一顆絕情丹。裘千尺給楊過吃了半顆，全身毒素聚在一處，必須十八日內服用另一半丹藥才能解毒。因為楊過身上的情花毒，一燈大師、黃蓉等人都到了絕情谷，眾人爭奪絕情丹，最後公孫綠萼慘死，李莫愁寡不敵眾自焚身亡，小龍女在懸崖深谷邊與公孫止打起來，公孫止最後也與裘千尺一同墮入深洞，

粉身碎骨。

絕情丹在《神鵰俠侶》中，從第十八回（修訂版與新修版）開始出現，一直到第三十二回楊過以斷腸草解體內情花毒為止，幾乎所有情節，都與情花、絕情丹有關。例如，楊過要不是為了取得絕情丹，就不會回襄陽城；小龍女要不是為了得到絕情丹，就不會把剛出生的郭襄帶出襄陽城，黃蓉就不會出城尋找女兒而與李莫愁遇上等等。由此可見，絕情丹在小説中的主要功能不是「解毒」，讓故事人物解除危難，而是透過令故事人物爭奪絕情丹而推動情節發展。

七心海棠

七心海棠是《飛狐外傳》世界中的「萬毒之王」，磨成粉後隨手散佈，無聲無息，無色無臭，再精明的人也不會察覺，不知不覺間中毒致死，死時臉上還會帶着微笑，看似十分平安喜樂。毒手藥王的師父曾於海外得到七心海棠的種子，把種子分給徒弟毒手藥王與毒手神梟。兩人試着培植，但總不得要領。毒手藥王的一眾徒弟也種過，都不成功。後來程靈素以酒澆灌，終於培植成功。

七心海棠能殺人也能解毒，苗人鳳中斷腸草的毒，程靈素以七心海棠的葉子搗爛敷在苗的眼皮上，治好苗的雙眼。不過，以葉子敷在肌膚上，痛於刀割十倍。程靈素的師兄師姐姜鐵山、薛鵲想以熱水逼出兒子小鐵體內的毒氣，終不果，要待程靈素加入七心海棠的花粉後，才能成功迫毒。

七心海棠外形與普通秋海棠不無兩樣，花瓣呈深綠色，每一片花瓣上都有七個小小的紅點，無論是根莖花葉，都奇毒無比，但如果不加煉製，便不能致人於死地。程靈素具有

高超的用毒技法，又善於運用七心海棠的毒性，製煉成各種形態的用品，如把七心海棠混入蠟燭和醍醐香中，也曾在赤蠍粉中混入七心海棠的葉子粉末，以及在三蜈五蟆煙中混入七心海棠的花蕊，讓兩種毒物全無異味，更難被人發覺，毒性也更厲害。

七心海棠比情花更毒，配合毒手藥王傳下的施毒手法，以及程靈素匠心獨運的下毒技巧，情節相當好看，能夠吸引讀者。胡斐得程靈素的幫助，讓《飛狐外傳》的故事，即使缺乏如「射鵰三部曲」等精彩武打場面與讓人嚮往的武林秘笈，仍能安排出人意表的情節變化。

十香軟筋散

十香軟筋散為西域番僧之藥，獻給朝廷後由玄冥二老輪流掌管，一個管軟筋散，另一個管解藥。十香軟筋散藥性奇特，中毒者全身筋骨鬆軟，發不出力，中毒幾日後雖然能夠行動自如，卻無法使出內功，提不起勁。如果二次中毒，即使是極少的劑量，中毒者都會立即喪命。《倚天屠龍忌》中，十香軟筋散直接影響張無忌部分中段與後段故事的發展。[1]

中段故事共有三個重要段落，分別在三個場景發生，(1)趙敏上武當、(2)六大派被囚於萬安寺（舊版稱為萬法寺）、

1　《倚天屠龍記》整個故事可以分為三個部分：第一部分為楔子，主角是張三丰；第二部分是前篇，主角是張翠山；第三部分是正篇，以張無忌為故事的主人公。正篇從張無忌練成九陽神功開始，到全書故事終結，又可以分為前段、中段與後段。前段從張無忌練成九陽神功後墮下山崖遇見殷離開始，到當上明教教主為止。中段寫張無忌先到少林，再到武當，然後到萬安寺營救六大派，最後到靈蛇島找謝遜。後段指從靈蛇島回歸中原開始，到故事終結。

（3）張無忌到靈蛇島。三段故事都與十香軟筋散有關。六大派圍攻光明頂無功而還，途中被趙敏設計，各人都中了十香軟筋散，被帶回大都，囚於萬安寺。趙敏隨即展開「先滅少林，再滅武當」計劃，明知道武當派精銳都到了光明頂，武當山上具備實力的只剩張三丰，於是率眾到武當山，要張三丰歸順朝廷。

張無忌解決武當問題後到大都，得遇光明右使范遙，范遙說出趙敏計謀。正因如此，范遙才會佈下圈套要玄冥二老自動交出解藥。整段「六大派被囚」的情節，重點就落在張無忌如何解救眾人，而解救的重點就是找十香軟筋散的解藥。

萬安寺事件後，故事進入中段的最後一部分：靈蛇島。張無忌、趙敏等人到了靈蛇島，金花婆婆原來是紫衫龍王，波斯明教十二寶樹王與三使也到了靈蛇島。一輪爭執與爭鬥過後，波斯明教眾人與小昭、紫衫龍王回波斯。之後趙敏失蹤，倚天劍、屠龍刀亦不見蹤影，眾人更中了十香軟筋散的毒。趙敏因而蒙上了下藥盜取刀劍的罪名。

後段故事的前半部分，自張無忌回歸中原至謝遜在少林出家為止，雖然有種種不同的情節，但由於趙敏不認下藥與盜取刀劍的罪名，整個情節背後隱藏着一個謎題：到底是誰在靈蛇島上用十香軟筋散迷倒眾人，以及偷去刀劍？這個謎題，一直到謝遜出家，張無忌在囚禁謝遜的枯井內找到真相，揭開謎題的底牌：周芷若下毒。（新修版刪掉謝遜在枯井內留下真相的情節。）

從第二十二回「群雄歸心約三章」張無忌當上明教教主開始，到第三十九回「秘笈兵書此中藏」為止，整整十八回約全書一半內容，情節都與十香軟筋散有關。十香軟筋散，可以說是金庸小說中最為人認識的毒藥。

三笑逍遙散

　　《天龍八部》中三笑逍遙散乃星宿派丁春秋所有，與「化功大法」同為丁春秋能在江湖間橫行無忌的憑藉，但江湖知之者甚少，因為中毒者無藥可救，不能說出真相。施毒時，丁春秋用內力把粉末彈至對方身上，對方即已中毒。中毒的人臉上會不期然露出古怪笑容，到第三次笑完後，就會毒發身亡。從中毒到死去，時間極短，叫人防不勝防。

　　三笑逍遙散雖然毒性奇特而猛烈，但在小說中，影響的情節不算重要。丁春秋最大的「成就」，就是用三笑逍遙散毒死了少林寺的玄難等人，以及自己的師兄蘇星河。

　　三笑逍遙散有一個缺點，就是必須以內力送出毒粉。然而，如果對方內力比自己高，毒粉就會反彈到自己身上。丁春秋曾同時向蘇星河與虛竹下毒，但因虛竹吸收了無崖子逾一甲子功力，藥粉送不到身上，便全部加在正與虛竹對話的蘇星河身上。

悲酥清風

　　悲酥清風出自西夏一品堂，乃收集西夏大雪山歡喜谷中的毒物煉製而成。本為液體，存在瓶中。打開瓶蓋，毒水即會氣化，隨空氣散發出去，凡吸入者即會中毒。因此，如要向敵人使用悲酥清風，己方須先在鼻孔塞解藥。之所以名為悲酥清風，乃因以無色無嗅（清）的氣體放毒（風），毒力發生後，中毒之人會淚如雨下（悲），全身軟弱無力（酥）。要解悲酥清風的毒性，就得吸入奇臭無比的解藥，而且立刻見效。

　　與十香軟筋散相比，悲酥清風有異曲同工的功能，但散發的空間更大，透過空氣傳播，更易使人中毒。毒力卻不如十香軟筋散，中毒者即使再次吸入，也不會致死。

　　《天龍八部》中，共有兩段重要情節與悲酥清風有關。第一段情節在丐幫杏子林大會，喬峰辭任幫主之位走後，西夏一品堂來襲，放出悲酥清風，丐幫中人全部被擒。

　　第二段在故事尾聲，慕容復以悲酥清風迷倒段延慶、段正淳等人，並要脅段正淳交出皇位。最後，甘寶寶、阮星竹等人被殺，段正淳與刀白鳳相繼自殺。

烈火丹與九九丸

　　烈火丹與九九丸在《俠客行》故事中只出現了一次，對於情節的推進發展，沒有多大的功能，但有另外兩個意義：金庸以喝毒酒來寫石破天與賞善罰惡使張三李四相較相識的情節，一方面突顯出石破天的單純與功力，賞善罰惡使能讓江湖所有人側目，功力自是非同小可，但與石破天相比，則又是遠遠不如；另一方面則旨在告訴讀者，與書名有關的「俠客島」情節正式展開，同時為「享負盛名」的「臘八粥」做預告：當人人以為是毒藥時，其實有助修練內功。

　　兩種丹藥內都含有不少靈丹妙藥，九九丸內有八十一種毒草，烈火丹雖然內含較少毒物，卻有鶴頂紅、孔雀膽等劇毒。二使功夫一陰一陽，胖子陽剛，瘦子陰柔，兩人葫蘆中的朱紅葫蘆內烈性藥酒乃投入烈火丹混和而成，大燥大熱，藍色葫蘆中的酒則混入九九丸，大涼大寒。兩種酒藥性異常猛烈，常人只須舌尖上舐得數滴，便能致命。二使內功極高，尚須另服鎮毒藥物，才能連飲數口而不致中毒。兩酒不

能混喝，否則，飲酒的人當即刻斃命；石破天卻是喝光了含有烈火丹與九九丸的酒，功能之高可見一斑。

化屍粉

化屍粉，顧名思義，就是把屍體化掉的粉末，在《鹿鼎記》中本為海大富所有，裝在青色帶白點的三角形瓶子中。化屍粉碰上血水就會發生作用，傷口處會發出嗤嗤聲響，流出黃水，並且升起煙霧，更會發出又酸又焦灼的臭氣。傷口會愈爛愈大，終至整副屍骨變成黃水。化屍粉不但能化掉有機的血肉，即使衣物觸碰到黃水也終會被化掉。據金庸的描述，化屍粉如果碰上肌膚，絕無害處，但粉末遇血成毒，可說是天下第一毒藥，最初傳自西域，據說是宋朝時候四絕之一的西毒歐陽鋒所創，以十多種毒蛇、毒蟲的毒液合成。母毒既成，之後便不用再製毒，只須將血肉化成的黃色毒水曬乾，便是化屍粉。

韋小寶武功不行，卻靈活運用手上有限的資源（匕首、化屍粉），往往能讓自己化險為夷。如《鹿鼎記》第二十六回，寫桑結帶領其他喇嘛追殺韋小寶與九難師太，並奪取《四十二章經》；師太受傷，各人命危。韋小寶以化屍粉化掉被打死喇嘛的斷掌，斷掌化為黃水。韋小寶把黃水沾濕《四十二章經》，再拋去給喇嘛，喇嘛碰到經書上的黃水，開始抓癢，愈抓愈癢，最終抓出血痕，黃水發揮威力，化掉一眾接觸過經書的喇嘛。桑結見到其他喇嘛毒發，雖然手指很癢，也不敢抓癢，最終斷指求生。金庸這樣說：「韋小寶只見過化屍粉能化去屍體，不知用在活人身上是否生效，危急之際，只好一試，居然一舉成功。」

三尸腦神丹（《笑傲江湖》）、
豹胎易筋丸（《鹿鼎記》）

金庸小說中，行事不正的教派，往往會以毒藥控制教眾，使其死心塌地，任其差遣，不致反叛。服食這些毒藥以後，一定時間內都不會有問題，但過了「有效時間」，如果不服食解藥或暫緩發作的藥物，便會毒發。《天龍八部》中，天山縹緲峰靈鷲宮天山童姥用來操控三十六洞洞主與七十二島島主的生死符，雖然只是薄冰片，不是真正的毒藥，但有異曲同工之妙。除了《天龍八部》，金庸小說中兩大邪魔外道的教派，就是《笑傲江湖》的日月神教與《鹿鼎記》的神龍教，金庸都為它們安排控制人心的毒藥，分別是「三尸腦神丹」與「豹胎易筋丸」。

三尸腦神丹是魔教教主任我行控制手下的毒藥。藥丸有兩層，外邊為紅色藥殼，包裹着灰色小圓球。灰色圓球中有僵伏的屍蟲，紅色殼皮則是控制屍蟲的藥物。每年端午午時前要服下解藥，否則，紅色藥殼功效一失，無法控制屍蟲，屍蟲便會活動起來，鑽而入腦，咬嚙腦髓。不但極痛，更會行事瘋狂顛倒，比之瘋狗，尚且不如。

魔教四個長老持黑木令牌到梅莊找黃鍾公等人問責，正值任我行脫困後重回梅莊，四長老中，其中三人懾於任我行淫威，甘願吃下三尸腦神丹以表效忠。秦偉邦不願吃，被任我行制服，由剛歸順的長老桑三娘用指甲脫去三尸腦神丹的紅色藥皮，逼迫秦偉邦吃下。不過，比較有趣的是，金庸原意是要秦偉邦「示範」如果一旦沒有藥物控制神丹內的屍蟲，會有何種後果。只是，無論是舊版還是修訂版，金庸竟然忘了交代秦偉邦的下場。一直到故事結尾部分（修訂版第三十九回），秦偉邦還在魔教總壇出現。到了新修版，金庸才

把這段情節改過來：「原本倒在一旁的秦偉邦突然發出一聲嘶叫，圓睜雙目，對着任我行吼道：『我跟你拚了！』但他穴道受點，又怎掙扎得起身？只見他肌肉扭曲，呼呼喘氣，顯得極為痛苦。向問天走上前去，重重一腳，將他踢死。」

江湖上很多幫派的頭目、幫主，都吃過三尸腦神丹。任盈盈往往會為他們向東方不敗討解藥，因此深受歡迎，尊為「聖姑」，任其差遣。這正好解釋了為甚麼大家都與令狐冲互不相識，卻齊集五霸崗集思廣益、各施各法，想要解決令狐冲被體內真氣反噬的問題。聖姑喜歡令狐冲，大家略盡棉力。

原則上，豹胎易筋丸不能完全算是毒藥，毒性一天沒有發作，豹胎易筋丸都對人體有幫助。韋小寶不知就裏吃下，「過不多時，便覺腹中有股熱烘烘氣息升將上來，緩緩隨着血行，散入四肢百骸之中，說不出的舒服」。吃下後只要在一年內服下解藥，就能夠解去毒性。神龍教的陸高軒善於醫藥之道，猜想豹胎易筋丸「多半是以豹胎、鹿胎、紫河車、海狗腎等等大補大發的珍奇藥材製煉而成，藥性顯然是將原來身體上的特點反其道而行之。猜想教主當初製煉此藥，是為了返老還童，不過在別人身上一試，藥效卻不易隨心所欲」。神龍教的胖瘦頭陀二人曾因延誤吃解藥，毒發時生不如死，原本是又肥又矮的胖頭陀在短時間內被拉高身形，全身皮膚鮮血淋漓。原本又高又瘦的瘦頭陀毒發後則變得又胖又矮。

第◆六◆章

十大器物

《飛狐外傳》第九章〈毒手藥王〉
出自《明報晚報》1972-02

　　兵器、丹藥與器物，都是推動故事情節發展的道具，前
兩者有攻擊與防禦的功能，能夠立時讓情節由現下的光景變
好或變壞，具有積極的、動態的屬性；器物雖然同樣用來推
動情節，但往往只是某種訊息的載體，或作為推動情節的催
化劑，或為以後的劇情鋪下伏線。前者如《神鵰俠侶》中「五
毒秘笈」，由於給陸無雙偷了，才惹來李莫愁追殺；後者如《飛
狐外傳》、《倚天屠龍記》中的珠釵，原來分別收藏了寶藏的
地圖與七蟲七花膏的配方。

青桐短劍

　　《書劍恩仇錄》中霍青桐送給陳家洛一柄短劍，幾百年
來，代代相傳短劍中隱藏了大秘密，但無人能解。舊版故事
中，短劍乃霍青桐師父相贈，修訂版則改為得自父親卓木
倫。短劍原來有兩層劍鞘，第二層劍鞘已經開鋒，劍尖鋒
利，因此多年來均無人察覺原來劍中有劍。陳家洛與狼群搏
鬥，給野狼死命咬入短劍，陳家洛猛力抽回短劍，劍身才與
第二層劍鞘分離。最內層的短劍鋒利尤勝張召重的凝碧劍，
已達吹毛斷髮的境地。在第二層的劍鞘中，藏有一顆泥丸，
泥丸內有一張地圖。多年前，大漠有個古城，十分富庶，但
兩代城主均殘暴不仁，父親隆阿、兒子桑拉巴都欺壓伊斯蘭
人，瑪米兒深入城中，忍辱負重，繪製城內地圖，望能讓族
人攻城，殺死暴君。然而，地圖放在第二層劍鞘內，多年來
無人發現。

軟蝟甲

　　軟蝟甲穿在外衣之內，刀槍不入，甲身有倒刺，如同刺蝟一樣，敵人徒手打到甲上，會被倒刺所傷，乃東海桃花島鎮島之寶。黃蓉因不堪為父親黃藥師責備，離島出走，由於身穿軟蝟甲，即使與比自己武功高的人相鬥，對方都會投鼠忌器，靈智上人更曾被軟蝟甲所傷。軟蝟甲在《射鵰英雄傳》故事中，最大的功能，是金庸利用軟蝟甲，巧妙地安排了死局，讓楊康死於自己設置的歹毒陰謀下：楊康與西毒歐陽鋒偷上桃花島殺掉江南五怪，南希仁中了歐陽鋒的蛇毒，死前一掌打在黃蓉身上，軟蝟甲的倒刺刺傷南希仁，毒血因而留在甲上。後來楊康怕黃蓉說出歐陽克被殺的原因與真正兇手，突然出手偷襲黃蓉，卻被軟蝟甲所傷，留在甲上倒刺的蛇毒因而進入楊康體內，歐陽鋒惱其殺害歐陽克，袖手不救，楊康終毒發致死。

　　在金庸小說中，類似軟蝟甲的「保護衣」，還有《連城訣》中的烏蠶衣與《鹿鼎記》中韋小寶在抄鰲拜家時搜出的黑色背心，同樣是刀槍不入，替主角化險為夷，但都不比軟蝟甲更有特色。

御賜杯子

　　《飛狐外傳》雖然是《雪山飛狐》前傳，但從某個角度來說，也可以說是《書劍恩仇錄》後傳，在胡斐成長的過程中，與紅花會脫不了關係。少年胡斐的武功曾受紅花會三當家趙半山指點，長大後闖蕩江湖時又與袁紫衣有着千絲萬縷的互動，袁紫衣的白馬就是紅花會駱冰送給胡斐的坐騎。提到紅

花會，自然要提朝廷，在《飛狐外傳》中，改以福康安做代表，舉辦了「天下掌門人大會」，既要向江湖招安，也要江湖內鬥，方法是設定「玉龍八門」、「金鳳八門」與「銀鯉八門」，分別以玉龍杯、金鳳杯與銀鯉杯為信物。天下掌門人互相比試，最厲害的可奪玉龍杯（但其中四隻已經內定給四大掌門人），第二級的可得金鳳杯、第三級的可得銀鯉杯。

從袁紫衣出現搶奪江湖派別掌門人之位開始，故事就一直鋪排，朝向「天下掌門人大會」發展，最後讓紅花會再度出現，大會上的大混亂成為了全書的高潮，而這二十四隻乾隆御賜的杯子，就是全書高潮的象徵。

金庸描寫這些御賜杯子「杯上凹凹凸凸的刻滿了花紋，遠遠瞧去，只覺甚是考究精細，大內高手匠人的手藝，果是不同」，玉龍杯「刻的是蟠龍之形」，「玉氣晶瑩」，金鳳杯「刻的是飛鳳之形」，「金色燦爛」，銀鯉杯「刻的是躍鯉之形」，「銀光輝煌」。杯子雖然在小說中的描述不多，卻非常重要。

羊皮

《倚天屠龍記》中，張無忌在光明頂上追趕成崑，成崑從秘道離開。張無忌得小昭協助，進入秘道，卻被成崑以巨石堵住出口。秘道內有一男一女的骸骨，在男骸骨旁有一塊羊皮，一面有毛，一面光滑。小昭知道這羊皮是明教護教神功乾坤大挪移心法，於是用陽夫人（女骸骨）胸前的匕首割破食指，以鮮血塗在羊皮上，羊皮即露出了字體，第一行便是「明教聖火心法乾坤大挪移」十一個字。由於有九陽神功作為基礎，張無忌練起乾坤大挪移來得心應手，短短一個多時辰即已練成，並立刻施展乾坤大挪移推開石門離開秘道。這羊皮，張無忌並沒有帶走，而是放在秘道大石上面。

張無忌在明教秘道內發現羊皮，上有乾坤大挪移心法。

羊毛手帕

　　《白馬嘯西風》中，上官虹因丈夫白馬李三被殺，也不想獨活，於是讓女兒李文秀坐上白馬，獨個離開。臨走前，把一條用羊毛編織的手帕塞給了年僅十歲的女兒，這條羊毛手帕，就是高昌迷宮的地圖，相傳迷宮內有寶藏。呂梁三傑要追殺李三與上官虹，就是為了這條手帕。李文秀長大後，用羊毛手帕按住蘇普流血的傷口，手帕於是在蘇普手上。幾年後，陳達海（舊版稱為陳達玄）到哈薩克族找尋地圖的下落，與蘇普發生爭執，傷了蘇普。蘇普請阿曼用手帕包住傷口。計老人與陳達海發現手帕原來就是藏寶地圖。地圖最後雖然被陳達海奪去，但陳達海最終都沒有找到寶藏，因為暗中潛伏在哈薩克族附近的華輝抽走了手帕中十幾根羊毛線，改變了地圖顯示，陳達海（與同黨）只會在沙漠中走來走去，既找不到迷宮，也不能回到草原上。

　　舊版故事中的迷宮叫「哈布迷宮」，是個真正的寶藏。修

訂版故事中則把迷宮改名為「高昌迷宮」，迷宮內不再有任何金銀財寶。世人以為手帕是藏寶圖，其實都錯了。

唐詩選輯

《唐詩選輯》也就是《連城劍譜》（舊版稱為《素心劍譜》）。在舊版故事中，梅念笙被三名徒弟暗算，要他交出《連城劍譜》。為了保命，梅念笙最終都拋出劍譜，然後潛入水中。這《連城劍譜》，就是《唐詩選輯》。作為《連城劍譜》的《唐詩選輯》與坊間的《唐詩選輯》，表面上看並無兩樣，但其實書頁中某些詩歌旁邊隱藏了數字，必須在沾水後才能顯現出來。這些數字，就是「連城劍訣」。數字代表詩歌中的第幾字。每首有數字的詩都得出一個字，結合所有字，就會組拼成一句有意義的句子，指示寶藏所在。

《連城劍譜》最後到了戚長發手上，女兒戚芳不知就裏，拿了這本《唐詩選輯》，放在與狄雲經常流連的山洞裏。戚長發因而懷疑劍譜被狄雲盜走。狄雲後來從山洞中拿回《唐詩選輯》，送給戚芳，戚芳睹物思人，淚水沾濕了劍譜，在〈聖果詩〉詩題旁邊出現數字「三十三」，被丈夫萬圭發現，才知道是《連城劍譜》，才揭開劍譜的秘密。

碧玉王鼎 / 神木王鼎

星宿派星宿老仙丁春秋是《天龍八部》的反派，王鼎是他的三寶之一，專門用來吸引毒物，以協助修練「化功大法」。舊版稱為「碧玉王鼎」，修訂版與新修版喚作「神木王鼎」，

不單名稱改了，連顏色、大小、材質，以至吸引毒物的過程，修訂版都做了更合理的改寫。舊版「王鼎」的材質是玉石，五寸高左右，通體綠色。修訂版「王鼎」改以木製，深黃顏色，有六寸多高。王鼎分為兩部分，上邊鼎蓋，下面鼎身，須得旋轉鼎蓋，才能鎖緊鼎身。鼎身有五個小孔，可以讓毒物進出。

　　修練化功大法要靠毒物吐出（或流出）的黑血，愈毒效果會愈好。「王鼎」的功用，就是要吸引毒物，但要配合特定香料，香料有黃、紅、黑、紫四種顏色，每一塊捏少許，放入鼎中，點燃後再合上鼎蓋。附近毒物如蜈蚣、蛤蟆、毒蛇、蠍子等，聞到香氣，便會透過鼎身小孔鑽入鼎內。

　　舊版故事中，阿紫初次試用時，王鼎先吸引了一條蜈蚣到鼎內，之後，又先後有壁虎、毒蜘蛛、蠍子，還有不知名的毒蟲爬到鼎內，在鼎內互相攻擊，最後，蜈蚣咬死了其餘毒蟲，把其他毒蟲吸乾。阿紫之後把蜈蚣養在瓦瓮中，餵以生雞血。然後又去以王鼎吸引毒蟲，又讓毒蟲在鼎內互相攻擊，得勝者吸乾其他毒蟲汁液，也是養在瓦瓮中，也是餵以生雞血。如是者捉了五隻毒物，阿紫在室內使用王鼎，吸引這餵了雞血多天的毒物到鼎內「打架」，最後是首次捉到的蜈蚣勝出。蜈蚣吸乾了其餘毒物的汁液後，爬回鼎中。阿紫這時請鐵丑伸手讓蜈蚣咬，給蜈蚣吸血。蜈蚣吸了人血後，在鼎內流出黑血，從鼎身小孔流出，阿紫以手掌接住，然後盤膝運功，將毒液吸入掌內。蜈蚣流乾黑血後，全身枯乾而亡。

　　不過，舊版王鼎吸引毒物的過程不太合理，因為王鼎只有五寸高，容量不大，如何能夠同時容納各種體跡大小不同的毒物，甚至在鼎內互相攻擊？金庸後來修訂，擴充了王鼎的容量，由五寸多高變為六寸多高。吸引毒物與餵養毒物的過程也相應簡化，每次只吸引一種毒物到鼎內，拿回去餵以雞血七天，就可以開始吸人血，簡化了毒物之間互相攻擊，

以至吸乾對方汁液的過程。

賞善罰惡令

　　俠客島龍、木兩位島主，派遣座下弟子賞善罰惡使廣邀武林同道前往俠客島，共同參詳島上石室所載的武功。凡獲邀請的人，對於武學均有獨到的見解。使者會向幫會門派的首領派出賞善罰惡令，拒絕接收的首領，如果幫會門派犯下不可饒恕的罪行，便會被滿門殺光。

　　賞善罰惡令為兩塊閃閃發光的白銅牌子，約有手掌大小，一塊牌上刻着和藹慈祥的笑臉，另一塊則是刻着猙獰的兇臉。牌子的背面刻上船的日期與地點（每塊銅牌皆不相同）。

　　《俠客行》整個故事，就是圍繞俠客島之行而發展，而俠客島之行又以每十年一次的賞善罰惡令開始，這兩面銅牌讓整個江湖籠罩在不穩定的氛圍中。由此可見，賞善罰惡令之於《俠客行》故事的推進，何其重要。

笑傲江湖曲譜

　　衡山派劉正風金盆洗手，但遭五嶽劍派盟主左冷禪阻止，殺了劉正風全家老少，魔教曲洋前來相救，劉曲兩人均受重傷。二人臨死前合奏《笑傲江湖曲》，恰巧遇上令狐冲，便把曲譜贈與令狐冲，望其日後為曲譜覓得傳人。關於《笑傲江湖曲譜》三版小說描述均有所不同。

　　第一、舊版的曲譜有兩本，一本是曲洋所著的琴譜，另一本是劉正風所著的簫譜。到了修訂版與新修版，兩本曲譜

拼合成一冊。

　　第二、舊版曲譜開首十餘頁確有武學的成分。令狐沖「翻開曲洋的琴譜，只見前面十餘頁中，都是坐功的口訣，又繪着許多人體，身上註滿了經脈，此後又是掌法指法的訣要，到二十餘頁後，才是撫琴之法，以後小半則全是古古怪怪的奇字，竟是一字不識。」（舊版《笑傲江湖》第十九回「殺人滅口」，武史版第五集，頁367）舊版沒有解說為何會有這些坐功口訣與經脈圖，大抵是要彈奏曲譜，須有一定的內功根基才能駕馭複雜的彈奏與吹奏方法。又或是金庸原想把《笑傲江湖曲譜》寫成是武學典籍。不過，曲劉二人武功不算高，創出來的武功也不能算是絕世武學，只好作罷。到了修訂版，這十多頁坐功口訣，就被金庸刪去。

　　第三、曲譜來源不同。舊版只說曲譜乃曲洋與劉正風合數年之力創製，修訂版卻加入了《廣陵散》的情節。相傳《廣陵散》自三國時的嵇康以後，就成絕響。曲洋不甘心，連盜東漢、西漢二十九墓，終找到《廣陵散》曲譜，並把其中一大段，經改編之後，放入琴曲部分。連盜二十九墓找《廣陵散》曲譜，舊版金庸小說確實曾經出現，但不是在《笑傲江湖》，而是在《倚天屠龍記》，盜墓找曲譜的人是謝遜。金庸重新修訂時，把整段盜墓情節從《倚天屠龍記》挪至《笑傲江湖》，成為《笑傲江湖曲》的著作背景。到了新修版，對於《廣陵散》與《笑傲江湖曲》的關係，金庸交代得更詳細：「這《廣陵散》琴曲，說的是聶政刺韓王的故事。全曲甚長，我們這曲《笑傲江湖》，只引了他曲中最精妙的一段。劉兄弟所加簫聲那一段，譜的正是聶政之姊收葬弟屍的情景。」（新修版《笑傲江湖》第七回「授譜」）

　　《笑傲江湖曲》對於推動小說情節，卻是可有可無。除了引起洛陽王家懷疑為《辟邪劍譜》而向綠竹翁同「婆婆」求

證，讓令狐沖因而有機會接觸故事另一女角任盈盈外，就再也沒有其餘顯著而重要的功能。然而，作為《笑傲江湖》小說故事主題的圖騰象徵，《笑傲江湖曲譜》又是不可或缺的器物、道具。

四十二章經

《四十二章經》可以說是《鹿鼎記》中的代表器物，貫穿了整個故事，許多情節，都與經書有關。

滿清入關之後，初時並沒有想過要統治漢人，因此每見到金銀財物，盡皆搜刮，運回關外，藏在鹿鼎山。經過八旗協議，將藏寶地圖畫在羊皮上，再剪碎成數千塊碎片，分成八份，藏入八本《四十二章經》中，每本經書由一旗旗主保管。這個秘密，後來給各路人馬知曉，於是有了種種尋找經書、搶奪經書的情節。人人都知道經書內有大清的寶藏，而寶藏藏在大清的龍脈所在地，卻沒有人能夠發現經書的秘密。最後，給九難師太發現，而終由韋小寶成功收集八部經書中的羊皮碎片，並由雙兒把碎羊皮重新拼成地圖。

《四十二章經》只是薄薄的一本佛經，八部經書內容一樣，只是包裹封面的綢布不同，分別是：白綢（正白旗）、白綢紅邊（鑲白旗）、紅綢（正紅旗）、紅綢白邊（鑲紅旗）、紅綢黃邊（鑲黃旗）、黃綢（正黃旗）、藍綢（正藍旗）、藍綢紅邊（鑲藍旗）。

第◆七◆章

十大習武傳功

《鴛鴦刀》第十回出自《明報晚報》1972-06

　　金庸武俠小説之所以能夠吸引廣大讀者，對「武」的深入描寫，絕對應記一功。所謂「武」，指武功秘笈、習武傳功與武打對決三方面，由於描寫細緻、刻畫詳盡，完全讓讀者沉醉其中。當中的習武傳功過程，更是曲折多變，如果習武是為要解決當下危機，又於出人意表之上再加緊湊氣氛。當中，又可以《倚天屠龍記》張無忌學太極劍為代表，武當派兵臨城下，八臂神劍方東白陣列在前，張三丰卻好整以暇地當眾傳授太極劍與張無忌，已是出人意表的傳功方法，而張無忌連看兩次演練，卻把劍招忘得一乾二淨，此情此景下迎戰劍術名動江湖的前丐幫長老，又讓讀者捏了好幾把冷汗。

陳家洛從《莊子》悟新掌法

　　作為金庸第一部武俠創作，《書劍恩仇錄》已經比以前的武俠小説，在武打、武功方面有更多的描寫。然而，與以後的金庸小説相比，又遠遠不及。《書劍恩仇錄》上描寫武打的兩大場面，一是陳家洛以百花錯拳與鐵膽莊莊主周仲英對打，二是黃河邊上張召重以武當柔雲劍術迎戰周仲英與紅花會三大巨頭（詳參本書第九章第一節〈張召重對戰紅花會〉），而武功學習與悟道方面，則以陳家洛從《莊子》悟道最有啟發性。

　　故事是這樣的：陳家洛武功雖然出眾，但始終不如反派第一高手張召重。後來，陳家洛、霍青桐與香香公主逃到玉峰古城，在磁山玉宮底下發現幾百年前一個伊斯蘭女子的血書記事，裏面提到伊斯蘭族從漢人傳統經典中悟出了徒手殺敵方法。這部傳統經典就是《莊子》。小説中提到的是《莊子》內篇中〈養生主〉裏面〈庖丁解牛〉的故事。陳家洛初時不

陳家洛（左）以新練成掌法再戰張召重

以為然，因為自小而熟記《莊子》，也不曾發現甚麼武學道理。後來向霍青桐談到故事中的庖丁如何解牛：「說一個屠夫殺牛的本事很好，他肩和手的伸縮，腳與膝的進退，刀割的聲音，無不因便施巧，合於音樂節拍，舉動就如跳舞一般。」哪知霍青桐無心的說了一句「臨敵殺人也能這樣就好啦」。陳家洛一呆，接着若有所思，然後跑到玉宮大殿上，看着早已化成枯骨的伊斯蘭士兵的姿勢也隨手舞動起來，舉手投足之間帶着勁風。不過，小說中並沒有再詳細描述陳家洛到底想甚麼和怎麼想，也沒有寫他悟出了甚麼，只透過霍青桐的話表達：「他看了那些竹簡之後，悟到了武功上的奇妙招數，在照着骸骨的姿勢研探。」

　　陳家洛從〈養生主〉中悟出了甚麼武功，小說之後並沒有進一步說明。後來陳家洛與張召重在一對一單挑時，使出了新悟出的武功。舊版與修訂版中的陳家洛，打出掌法時須「配合着余魚同笛中節拍」。新修版中，陳家洛已經不用余魚

同伴奏，在沒有音樂情況下，也能打出新武功、「緩步前攻，趨退轉合，瀟灑異常」。就這樣反勝了張召重，連天山雙鷹看到這新武功，也不禁佩服。

雖然與以後小說的悟道、習武情節相比，陳家洛從《莊子》悟出武功這段情節，無疑寫得較為粗疏，卻打開了金庸往後創作的新方向：除了《鴛鴦刀》、《白馬嘯西風》、《越女劍》外，其他小說，幾乎都有相當精彩的學武過程。

郭靖從北斗星悟《九陰真經》

《射鵰英雄傳》中有一幕驚心動魄的描寫：丐幫在君山軒轅台上開大會，楊康因撿到打狗棒，被丐幫中人誤會是洪七公傳位，花言巧語下獲三長老推選為幫主。郭靖與黃蓉被下迷藥，綁到軒轅台上，眾丐誤信楊康之言，以為洪七公被黃藥師所殺，要殺黃蓉報仇。當此緊張情勢，金庸卻讓本來反應不佳的郭靖更呆若目雞，不懂得自辯。原來郭靖看到天空上煜煜生光的北斗七星，忽然想起此前不久在牛家村密室內，曾看到全真七子以王重陽傳下的天罡北斗陣先後迎戰梅超風與黃藥師，天罡北斗陣法攻守趨退、吞吐開闔的種種態勢，忽然間全都湧上了郭靖腦袋之中，然後又想起早已背得滾瓜爛熟的《九陰真經》經文，反覆參照，以致以往讀《九陰真經》時種種不明白的地方，在北斗陣法於腦中盤旋的當兒，慢慢給解通了。金庸的解釋是，《九陰真經》的武學原理出自《道藏》（道家典籍總匯），本與全真教的道家內功、全真七子的天罡北斗陣一脈相承。只是當初在牛家村初看時，由於郭靖悟性較差，當時未能即時往《九陰真經》經文方向聯想，到眼睛看到真正的北斗七星時，才把兩者聯合起來。

悟出道理後，再施展《九陰真經》中的「收筋縮骨法」，即已成功，卸去綁在雙手雙腳上的的繩索。

　　郭靖與陳家洛同樣是根據與道學有關的典籍，悟出武功。然而，比起《書劍恩仇錄》中的陳家洛，金庸對郭靖領悟《九陰真經》有更細緻的描寫，包括觸發點（北斗七星）、各種事情的關連（全真七子對戰黃藥師、天罡北斗陣、《九陰真經》），悟道的經過：先是之前不明白的地方，逐漸明白了，繼而把已熟讀的「易筋鍛骨篇」再往前一步，練成「收筋縮骨法」。

　　經過這次悟道，郭靖的武功往更高的層次發展，已經不再局限於洪七公的降龍十八掌，而逐漸受益於《九陰真經》。這也是為甚麼第二次「華山論劍」中，郭靖與洪七公比拼時，雙方同使降龍十八掌，但郭靖已經完全不輸洪七公，能夠與之分庭抗禮了。

楊過、小龍女練《玉女心經》

　　楊過與小龍女練《玉女心經》是《神鵰俠侶》中的重頭戲。金庸為《玉女心經》內功的修練方法做了很多限制：（1）由於修練時很容易走入岔道，隨時走火入魔，因此，必須二人同練，互相協助，才能成功；（2）練功時全身熱氣蒸騰，須選擇空曠無人之處，敞開全身衣服，讓熱氣立時蒸發，否則，熱氣會轉而鬱積體內，可致重病，甚至喪命。

　　由於須兩人同練，修練時又要敞開衣服，楊龍二人，男女有別，實難執行。只是後來楊過在山上找到一處適合地方，在山坳處有一叢紅花，延綿數丈，枝葉生長茂盛，站在花叢的兩邊，完全看不到對方。二人認為這是修練《玉女心

經》內功的好地方，就開始在花叢修練。在夜靜時，兩人到花叢，解開衣裳，楊過伸手鑽過花叢，與小龍女四手相抵，練起內功。

　　楊龍二人修練《玉女心經》內功的一幕，任何看過《神鵰俠侶》的讀者都會留下深刻的印象。金庸設計這種奇特的練功方法，不獨是為了眩人耳目，更是用來推動情節的發展：兩人練功了一段時日後，恰巧被全真教趙志敬與尹志平（新修版改為甄志丙）碰見，兩人發生爭執，驚擾了正在行功關頭的小龍女，終導致小龍女重傷。正因為小龍女受重傷，才連帶引起以後許多事端──楊龍二人終分開，楊過也從此展開闖蕩江湖的旅程。

楊過機緣巧合分階段學打狗棒法

　　在金庸小說所有寫學武經過的情節中，楊過能夠學到打狗棒法，相信是最奇妙又合情合理的情節。

　　打狗棒法為丐幫幫主的專屬功夫，分招式與口訣兩方面，只知道招架勢式而沒有學運功訣竅的口訣，或只知道口訣而不懂招式，都不叫學會打狗棒法，所學也完全沒有用。丐幫的規矩是，現任幫主只能親傳棒法給下任幫主繼位者，不能筆錄。從這規定來看，楊過既然不是丐幫繼位者，理應沒有辦法學到打狗棒法。不過，金庸巧妙地安排了一齣兩段式傳功法，讓兩任幫主（洪七公與黃蓉）有意無意之間分別教了楊過招式和口訣。由於洪黃二人只各自透露了一半，並沒有違反幫規，於是楊過在雙方不知情下，竟學會了打狗棒法。

　　《神鵰俠侶》中，楊過一次機緣巧合下在華山上碰到了洪

楊過遇到洪七公與歐陽鋒，二人為比試，傳功與楊過。

七公與歐陽鋒，兩人相鬥已到筋疲力竭，洪七公把打狗棒法
的招式教會了楊過，讓楊過展示給歐陽鋒看，看對方能不能
破解。楊過於是學全了三十六招打狗棒法的招式。後來楊過
到了大勝關英雄大會，郭芙拉着楊過與大小武二兄弟前往偷
看黃蓉教丐幫下任幫主魯有腳打狗棒法，黃蓉雖然明知四人
在偷看，但由於只教魯有腳口訣而不是傳授招式，因此並不
介意。楊過就在這種情況下，分別從兩任幫主身上學會了打
狗棒法。

　　這段學武的情節金庸安排得非常巧妙，沒有人存心破壞
幫規，也沒有人執意偷學武功，卻陰差陽錯地讓楊過成為最
大得益之人。這個安排與日後新修版《天龍八部》，蕭峰與虛
竹談論武功，因而把降龍十八掌與打狗棒法由不是丐幫中人
的虛竹傳承下去，讓丐幫兩大神功不致因蕭峰遽死而失傳，
兩者相較，非丐幫中人楊過學會丐幫幫主獨門秘技打狗棒法
的過程更曲折、更巧妙，也更合理。

趙半山教胡斐武功

　　《飛狐外傳》中胡斐雖然終於取回《胡家拳經刀譜》，但一則年少，欠缺火候與經驗，二則自己摸索，沒有導師，許多地方都不能無師自通。商家堡中，紅花會三當家趙半山受人所託，前來找尋太極傳人陳禹清理門戶，遇上少年胡斐先後對上八卦門傳人王劍英、王劍傑兄弟。由於陳禹挾持人質，趙半山怕傷及無辜，正籌謀間，胡斐忽使計讓陳禹分心，順利把人質救了過來。趙半山基於愛才與敬重之心，遂安排了一場別開生面的傳功戲碼。

　　陳禹當年由於想要得到太極拳中的「亂環訣、陰陽訣」，不惜殺害師叔呂希賢父子，趙半山受人所託，從回疆來找陳禹算帳，卻又提出傳授陳禹「亂環訣、陰陽訣」，以了陳的心願。眾人（包括陳禹）大感奇怪，不明趙半山為甚麼要放過陳禹。趙半山說到做到，一邊念出口訣與講解口訣，一邊擺

趙半山（背面）打出亂環訣與陰陽訣，目的是教胡斐運勁之法。

出架勢演練。趙半山不怕眾人聽到，眾人雖然都學武多年，又都不是學太極拳，但都受益不少，許多以前練功時不明白的地方都搞清楚。後來趙半山說到「臨敵之際，務須以我之正衝敵之隅。倘若正對正，那便衝撞，便是以硬力拚硬力。若是年幼力弱，功力不及對手，定然吃虧」。胡斐才知道，趙半山是以「亂環訣」與「陰陽訣」教導自己如何運勁對敵。

　　金庸的解釋是，趙半山雖然有愛才之心，但江湖中忌未得許可而私自傳授武功，由於不知道胡斐背景，因此選了這麼一個迂迴的方法教導胡斐。

　　金庸說：「要知陳禹是叛門犯上的奸徒，趙半山怎能授他太極秘法？只是他見胡斐拳招極盡奇妙，臨敵之際卻是憑着一己的聰明生變，拳理的根本尚未明白，想是未遇明師指點。武林之中規矩極多，若是別門別派的弟子，縱使他虛心請益求教，也未便率爾指教，否則極易惹起他本門師長的不快，許多糾紛禍患，常由此而起。他實不知胡斐無師自通，只憑了祖傳的一部拳經，自行習練而成，眼見他良材美質，未加雕琢，甚是可惜，料想他師長未明武學至理，因此藉着陳禹請問亂環訣與陰陽訣的機會，將武學的基本道理好好解說一通，每一句話都是切中胡斐拳法中的弊端，說得上是傾囊以授。他知胡斐聰明過人，必能體會。」胡斐這次得到趙半山指點，日後才能成為一代高手，能夠與打遍天下無敵手的苗人鳳相媲美。

　　對於這種傳功方式，金庸自己也給了評價：「如此傳授功訣，在武林中也可說是別開生面了。」讀者自然也覺得別開生面。

張三丰陣前傳張無忌太極劍

　　《倚天屠龍記》中，張無忌絕頂聰明，能於谷中無師自通練成了九陽神功，更於明教秘道中能在一個多時辰之內練成了乾坤大挪移，比創出心法的人只練至第六層修為更高，後來更於短時間內領悟了聖火令神功。基本上，天下沒有任何一種武功，他不能自練。不過，金庸卻安排了一段別出心裁的傳功場面，成為了《倚天屠龍記》讓讀者難以忘懷的情節，那就是張三丰教張無忌新創出來的太極劍法。

　　張三丰被趙敏派去的西域金剛門人打傷後，趙敏率領玄冥二老、八臂神劍方東白（舊版稱為「玉面神劍」），以及金剛門的人到武當山叫陣，要武當派打敗自己的三個家僕（都是武林高手）。張無忌假扮武當弟子清風，以領悟得來的太極拳擊敗了阿二與阿三（金剛門弟子）。到了最後一關阿大，阿大原來是丐幫昔日長老八臂神劍方東白，金庸以「劍術之精，名動江湖」來總結阿大的武學造詣。張無忌不通劍術，張三丰於是提出，臨陣傳授劍法。張無忌即學現賣，打敗了阿大，甚至把對方的右臂砍了下來。

　　這段陣前授劍的戲碼，有幾個精彩的設定：（1）張三丰不怕敵人窺探，在敵人面前傳授劍術，三清殿上至少超過五百人，張三丰絕不隱藏，在眾人面前慢慢地使出了太極劍法。（2）眾人看到這套劍法慢吞吞的，覺得毫無殺傷力。（3）張無忌在旁邊看邊學，但當張三丰問張無忌記得多少時，張無忌起先忘記了一小半，後來更忘了一大半。（4）周顛心急，請張三丰再傳一遍，讓張無忌再看一次。張三丰於是再使出太極劍，竟然無一招與之前的相同。（5）當打完整套劍法以後，張無忌已忘剩下三招，而最後是全部忘記了。（6）張三丰認為很好，認為張無忌可以去與方東白比劍。結果是張無忌贏了，

張三丰向俞岱岩演練新創的太極拳

太極劍贏了。

　　張三丰傳授太極劍法的精妙處乃是以有形的劍招傳授無形的劍意，打破了以往武俠小說教授武功必須一招一式的寫法慣例，進而到更形而上的境界。不過，金庸怕讀者「境界」沒有那麼高，所以也給了足夠的解說，並順道評級在旁觀看的人的武功層次：「要知張三丰傳給他的乃是『劍意』，而非『劍招』，要他將所見到的劍招忘得半點不剩，才能得其神髓，臨敵時以意馭劍，千變萬化，無窮無盡。倘若尚有一兩招劍法忘不乾淨，心有拘囿，劍法便不能純。這意思楊逍、殷天正等高手已隱約懂得，周顛卻終於遜了一籌，這才空自憂急了半天。」

袁冠南、蕭中慧臨危學夫妻刀法

　　《鴛鴦刀》故事中，反派人物卓天雄武功高強，袁冠南、

蕭中慧不敵，林玉龍與任飛燕雖然練就夫妻刀法，卻因雙方不能配合而終不敵卓天雄。臨危之際，林任二人分別教袁蕭二人夫妻刀法，倉卒間只能學到十二招（全套七十二招）。剛學不久，即能互相配合，充分發揮夫妻刀法的真諦，最後把卓天雄暫時擊退。

金庸寫《神鵰俠侶》，為古墓派創造了「玉女素心劍」，足以打敗天下高手，勝過王重陽；情意綿綿互補的招數，變成了無懈可擊的絕世功夫。只是，楊龍二人的玉女素心劍在《神鵰俠侶》中只出現過兩次，第一次對金輪法王，充分發揮威力。第二次對公孫止，最後因楊過中情花毒，兩人無法心意相通而敗陣（後來小龍女隨周伯通學會左右互搏之術，一人可使出玉女素心劍法）。《神鵰俠侶》後期，金庸再創作《鴛鴦刀》，仿照玉女素心劍而再創出「夫妻刀法」。金庸對夫妻刀法的描述，不啻就是在說玉女素心劍：「兩人練得純熟，共同應敵，兩人的刀法陰陽開闔，配合得天衣無縫，一個進，另一個便退，一個攻，另一個便守」、「這路刀法原是古代一對恩愛夫妻所創，兩人形影不離，心心相印，雙刀施展之時，也是互相迴護」。

夫妻刀法與玉女素心劍法同是故事中最高等級的武功，兩對男女同樣是在危難下學會兩情相悅、互相配合的武功。不過，金庸描寫袁蕭二人從林玉龍與任飛燕學夫妻刀法，有了這對吵鬧夫妻做對比，整個「學習」過程便顯得更有趣。

天山童姥教虛竹武功

虛竹一直以成為少林寺僧人為心願，但金庸似乎開了他一個玩笑，他愈想成為少林僧人，就愈與所想的遠離。他

先是被無崖子化掉少林寺的功夫而灌以逍遙派逾一甲子的功力，又被阿紫破了葷戒。後來為救天山童姥，又破了殺戒與淫戒。

由於要躲避師妹李秋水的追殺，天山童姥便教虛竹武功，希望憑虛竹身懷無涯子的功力，加上逍遙派的武功，二人聯手抵擋李秋水。可是，虛竹堅決不肯學童姥的天山折梅手與天山六陽掌。童姥於是利用虛竹的慈悲之心，教他如何解生死符，以助三十六洞七十二島眾人；要解生死符，必須先學習如何種生死符，因此，虛竹就在不知不覺中學會了童姥的部分功夫。《天龍八部》中，童姥傳功給虛竹，雖然只是一教一學，沒有太多特別的地方，但童姥以救人之心「誘騙」虛竹學功夫，又是金庸匠心獨運的安排。事實上，在此之前，金庸已經牛刀小試：《射鵰英雄傳》中，周伯通要教郭靖《九陰真經》上的武功，但郭靖因為梅超風的九陰白骨爪過於歹毒，對《九陰真經》產生偏見而不肯學，周伯通無計可施下唯有騙郭靖那不是真經上的功夫。郭靖最後被蒙在鼓裏，熟讀了《九陰真經》。兩者實有異曲同工之妙。

其實，舊版《天龍八部》中還有一段童姥傳功的情節，金庸修訂時把整段刪掉：天山童姥與李秋水在冰窖中糾纏，虛竹夾在中間，結果兩人的功力都傳給了虛竹。冰融化後，兩人筋疲力盡，不能再戰但又偏想要戰，結果兩人分別教虛竹武功，要虛竹學後演練給對方看，看對方能否破招。兩人用這種方法，比拼了二十多天，虛竹在得到指點下把兩人武功悉數學會，一直到靈鷲宮援兵來到為止。這段情節，由於太像洪七公與歐陽鋒在華山上傳授楊過武功來讓對方破招的橋段，為了避免情節重複，金庸把童姥與李秋水教虛竹功夫這一段完全刪去。

石破天俠客島上悟神功

《俠客行》中的石破天，金庸塑造的人設是沒有學識（甚至不識字）、單純、與人為善，但又帶點自卑的人。正因為這種性格，才能有大福氣：愈不會爭，得到愈多。自龍、木二位島主發現俠客島上的「俠客行神功」開始，四十年來一直有不少江湖高手參與解讀，期能解出神功的真諦，都始終徒勞。石破天不識字，看的只是圖形的線條與筆畫的流動方向，不受注解文字的內容影響，反而誤打誤撞地練成了島上二十四間石室中所載的各項武功。

《俠客行》以石破天「流落」江湖的種種奇遇與遭遇為主軸，江湖人士如何應對每十年一次的俠客島賞善罰惡令為故事主線，外加樣貌相似的兄弟石中玉以營造撲朔迷離的效果，讓故事有更多讓人意想不到但又是意料之中的情節，但一切變化都只是虛幌的花招。一直到最後，金庸才把真正的主題呈現出來，所要寫的其實只是「文字障」。多少年來，到了俠客島的人都有去無還，讓不知就裏的江湖人士「幻想」俠客島是龍潭虎穴之地，所有獲邀的人都九死無生，不是因為島主強留，而是人人都陷入了文字障：愈有知識與經驗的人，愈會憑自己的知識與經驗去解讀語言文字，以致過於執着於文字，最終陷入了文字障而徒勞無功。石破天不識文字，幾乎沒有任何經驗，也不強求，然而，由於擁有深厚內力，卻無意間破解了「俠客行神功」之謎。

人如何面對與處理「執念」，一直是金庸小說的內涵所在。《倚天屠龍記》中，張無忌練乾坤大挪移，第七層中有十九句領會不了，就跳過去練下一句，不強求要把全套心法練完。《天龍八部》中，蘇星河擺下「珍瓏」棋局，天下才智之士凡是要破局的都會陷入自己的執念中，唯獨虛竹，不求

破局，不看棋盤，隨便放下一子，即能打開新的一片天。到了《俠客行》，金庸寫石破天悟「俠客行神功」仍是一脈相承，但更集中在文字障上，只要對比石室中各人如何討論注釋的內容，再比對石破天如何領會圖形文字的真諦，就能體會這段別開生面的情節背後的意義。

假太后、海大富傳康熙、韋小寶武功互相誤導

　　韋小寶受海大富指派去康熙書房找《四十二章經》，卻意外碰到了康熙，兩人打了起來。海大富知道韋小寶碰到的小玄子，其實就是康熙帝，卻意外發現康熙的武功有可疑，懷疑背後有不尋常的人教他武功。於是透過傳韋小寶武功，探測康熙帝背後的人的底細。自此以後，海大富都教韋小寶少林派的功夫，韋小寶馬馬虎虎地學習後，再去與康熙對拆，康熙則是以武當派的武功迎戰。

　　這段學功夫互相比試的情節，在整個《鹿鼎記》故事中有兩個層次，一是為書中兩個主要人物韋小寶與康熙營造「識於微時」、特別要好的關係，而透過韋小寶不認真學習海大富所教武功，又把韋小寶的性格寫得相當透徹。第二個層次則是互相試探。海大富想要找出當年殺死端敬皇后、榮親王與貞妃的兇手。宮中藏了一個高手，而且會教康熙武功，海大富想透過韋小寶與康熙的比試，探知對方到底屬何門派，因為他認為貞妃是被人用化骨綿掌打死的。

　　海大富最後找上了太后，在與太后的對戰中，雙方都發現，一直以來，彼此都在隱藏自家的武功路數。海大富是崆峒派，卻教韋小寶少林派的大擒拿手，太后的本來功夫是神龍教的化骨綿掌，卻裝扮成武當派傳人教康熙武當派武功。

　　這段情節，當年在《明報》連載時，金庸一共寫了五十多天，從 1969 年 12 月 20 日第五七續（韋小寶碰到康熙帝），到 1970 年 2 月 10 日第一〇八續（海大富與太后識穿對方武功底細），佔了總篇幅約二十分之一，可見相當重要。金庸也寫得相當精彩，過程有趣味，佈局有層次。

　　在舊版故事中，海大富教韋小寶少林派的大擒拿手，韋小寶非常用心學，學完之後又學「大慈大悲千葉手」，後來康熙帝學到「八卦龍掌」也教了給韋小寶，韋小寶也有心學武當派武功。金庸寫韋小寶學武功「直至夜深方休」，「學習之心更是熱切」，學武時覺得「興味無窮」，都與金庸過去描述郭靖、楊過、張無忌、石破天等人不無兩樣。海大富死後，韋小寶從海的遺物中找到練功秘笈，在沒有外力強迫或誘導下，他仍然主動去練海大富的秘笈，而且只花了一個多月，就把海大富七十二張練功圖中二十一張圖練成了。這些情節，金庸修訂時都刪去了。

　　韋小寶在舊版與修訂版中，對學武的態度完全判若兩人，而海大富傳授韋小寶武功的情節，雖然「誤導」的目標沒有改變，練習的過程卻各有不同的興味。

十大「特別」對決

《倚天屠龍記》第三十四回〈血濺華堂〉
出自《明報晚報》1975·07

　　武俠小說離不開武打對決的情節，但一旦多寫，難免會讓人有千篇一律的感覺。金庸寫武，在眾多武俠小說家中最為出色，除了因為創出人人印象深刻的神功武技外，還因為在每次寫武打時，能夠多花心思，營造專屬於每場武打的情節。以《神鵰俠侶》為例，楊過離開古墓後，幾場大戰都不是純粹的比試武功，北丐與西毒找他演練武功，是別開生面的比試；與霍都和達爾巴之戰，更是用上不同秘技與巧思；與小龍女再戰金輪法王，金庸加入了悟出玉女素心劍的情節；小龍女忽然離開後，楊過再戰金輪法王，金庸加入了桃花島的陣法；後來戰李莫愁不敵，金庸又找來黃藥師、馮默風師徒輔戰……可以說，楊過每次與人對打，金庸都安排了不少別開生面的情節，讓武功場面不致過於重複。

　　所謂「特別對決」就是指別開生面的比試，如《碧血劍》中，袁承志教訓師侄，讀者對於誰人獲勝，幾乎沒有懸念。金庸心知，這種對打情節平淡，不會好看，於是加入了「教」與「斷劍」的情節，讓對戰多一點變化。又如《神鵰俠侶》裏，小龍女練成了左右互搏之術，一人分使全真、玉女兩種劍招，打出了天下無敵的「玉女素心劍」；小龍女戰群邪，也是無懸念，金庸於是加入了「天羅地網勢」，營造出漫天劍影，如此一來，對決就有了「視覺」上的突變，在讀者腦袋裏增添了可想像的畫面。

袁承志教訓三位師侄

　　《碧血劍》中，袁承志因為二師兄的弟子沒影子梅劍和、飛天魔女孫仲君過於囂張殘忍，忍不住出手教訓。事情由另一位師侄劉培生揭開序幕。袁承志發出豪語，五招之內如果

打不倒對方便算輸，更事先張揚自己會用哪些招數。鑑於劉培生態度尚算有禮數，袁承志不單手下留情，還一邊出招一邊教導，讓劉培生對於本門「破玉拳」的運用有更深的理解。

　　第二仗是對沒影子梅劍和。袁承志以沒有劍柄的斷劍迎戰，並預先準備十把長劍。梅劍和挺劍進攻時，袁承志以本門內功混元功貫注斷劍之上，削斷梅劍和的長劍。預先準備的十把長劍，就是給梅劍和斷劍後補用的。一時間同門比劍，梅劍和處處受制，同使本門劍法，袁承志使得異常靈活，最後，梅劍和氣不過，暈了過去。孫仲君以為梅劍和戰死，揮拳打袁承志，卻給震傷了雙拳。

　　袁承志是《碧血劍》的主角，華山派掌門穆人清的關門弟子，又兼學《金蛇秘笈》與木桑道人的武功，與三位師侄相見時，混元功已經練成，這場一對三的比試，原是毫無懸念。不過，金庸描寫這場比試，並非從「力」出發，而是從「教」出發。袁承志要呈現的，不只是武功比師侄們好，還有對本門武功的了解也比師侄們透徹。一方面因材施教，對使拳的講拳法，對使劍的講劍道，另一方面又透過比試演練招式，讓對方臨陣體驗。

　　不過，性格決定一切，劉培生先有敬意，愈先明白袁承志的苦心，受惠也最多。梅劍和死口不認，即使袁承志有心教學，也難受惠。金庸寫武又寫人，兩場比試，兩種人心，有人受惠，有人受罰，如此一來，就把一場毫無勝負懸念的比試寫得很好看。

桃花島三道試題

　　歐陽鋒帶同侄子歐陽克到桃花島提親，洪七公也為弟子

第三道試題，黃藥師要郭靖與歐陽克背出《九陰真經》。

郭靖向黃藥師提親。黃藥師訂出了三道比試題目。第一是比武藝，由洪七公對歐陽克，郭靖對西毒歐陽鋒。歐陽克輕功了得，一味遊走躲避，但最後被洪七公威勢所嚇，從樹上墮下。歐陽鋒則使詐，暗運內力引郭靖反撲又突然收回勁力，郭靖不察，整個人頭下腳上往下墮。眼看就要輸了（先落地者敗），哪知同是下墮的歐陽克不安好心，伸手按了郭靖一把，原想加速郭靖下墮之勢，而自己又可以借力躍回樹上，贏得漂亮。哪知道深諳蒙古摔交之道的郭靖下意識地使出摔交術，把歐陽克摔倒，自己反而跳回松枝上。

　　第二道試題是文比，由黃藥師吹奏笛曲，要歐陽克與郭靖二人用竹枝隨音樂打節拍。歐陽克會音律，打的節拍都對，郭靖不懂音律，聽了一陣子才開始打節拍，往往打在兩拍中間，初時眾人都以為郭靖打錯，但慢慢卻發現，郭靖是以自己的節拍亂黃藥師的曲調。強如黃藥師，甚至有幾次差點被郭靖的節拍擾亂。黃藥師不服氣，有心試探郭靖，於是

吹起《碧海潮生曲》（舊版稱為《天魔舞曲》），郭靖仿如身處變幻莫測的大海，受潮水時而洶湧時而緩慢的衝擊，甚至一時置身火海，一時置身冰天雪地之下，到了後來，郭靖加強防禦力，運用一心二用之法，分兩隻手打節拍對抗笛聲。最後黃藥師愛才，不想郭靖受重傷才停止吹奏笛子。歐陽克早就難以抵受笛聲，已經放棄。郭靖本來也贏了這一局，只是後來黃藥師眼見郭靖呆頭笨腦，心中不快，終判歐陽克勝利。

第三道試題也是文比，比背誦《九陰真經》。黃藥師拿出殘本《九陰真經》，翻頁給兩人看，兩人須邊看邊背誦，誰背得最多就算贏。歐陽克雖說記憶力比郭靖好，但在此之前，周伯通已經騙郭靖背熟全本《九陰真經》。因此，兩人比試時，郭靖只是把早前已經背過的文字，照樣背一次出來。黃藥師以為夫人在天顯靈，郭靖勝出。

這三道試題，金庸當年一共寫了約九千字，《香港商報》的《射鵰英雄傳》從 1958 年 1 月 12 日第三七五續連載到 1958 年 1 月 21 日第三八四續，金庸甚至專為這次比試起了回目：「三道試題」，可見對這段情節的重視。

「三道試題」最好看的地方在於峰迴路轉，出人意表。郭靖眼看自己先落地，卻因為歐陽克出手落井下石而最終以摔交術反敗為勝；明明已經勝出第二局，黃藥師卻突然翻臉反口；明明知道郭靖是「傻小子」，以「背誦」為題測試分明就是偏幫歐陽克，卻又陰差陽錯地以《九陰真經》為題，讓郭靖糊裏糊塗地勝出。此外，金庸在描寫《碧海潮生曲》時，運用了大量想像與比喻，讓郭靖與讀者一同置身其中，也是相當精彩的情節。

二次華山論劍

　　二次華山論劍其實只有三人作賽，中神通王重陽已死，南帝一燈大師退出，西毒歐陽鋒瘋了，周伯通逃避瑛姑，裘千丈皈依，隨一燈大師離去，只剩東邪與北丐，還加上一個生力軍郭靖。為了要讓郭靖有勝出機會，黃蓉想出一計：東邪與北丐分別與郭靖對打，哪一個用較少的招數擊敗郭靖，哪一個就是天下第一。如果三百招之內都打不贏郭靖，郭靖就是天下第一。結果是郭靖愈打愈勇，發揮愈來愈好，黃、洪兩人都不能在三百招內勝過郭靖，郭靖也就成為了名不副實的天下第一。只是，三人打完後，瘋了的歐陽鋒又再出現，而且以逆練《九陰真經》逆使蛤蟆功一人輪戰郭、黃、洪三人，三人最後或中招或受傷，後來黃蓉使計，引得歐陽鋒更瘋癲，繼而遠去。

　　二次華山論劍人才凋零，金庸為了讓主角郭靖登上武林神話的頂峰，讓黃蓉設計了取巧的戰局，成功讓郭靖成為「天下第一」，卻給人「不外如是」的感覺。然而，金庸隨之而來筆鋒一轉，讓瘋掉的歐陽鋒以搗亂、攪局的方式「參賽」，一人分戰三人，取得了壓倒勝的優勢，讓瘋子成為了天下第一，又是讀者始料不及的地方。

楊過大戰達爾巴

　　《神鵰俠侶》中大勝關英雄大會上，黃蓉以「中駟對下駟，上駟對中駟」的策略，與金輪法王（新修版稱為「金輪國師」）三師徒，爭奪武林盟主之位。然而，人算不如天算，最關鍵的第一局中，朱子柳因過於君子而遭暗算，輸了第一

仗。其後泗水漁隱對達爾巴，以硬碰硬，又輸了第二仗，也輸掉了武林盟主之位。後來楊過出場攪局，要霍都等人再戰，結果使詐贏了霍都。到對達爾巴時，金庸寫了一場別開生面的對決過程。

在楊過與達爾巴對打的過程中，楊過由於聽不懂達爾巴的說話，每當達爾巴說了甚麼，楊過就依照其發音照說一遍，漸漸地讓達爾巴以為楊過懂得他的語言。當達爾巴提到自己是金輪法王的大弟子時，楊過又照說一遍，達爾巴聽到後大驚，因為金輪法王以前確實有過另外一個大弟子，但最後死了。達爾巴由是懷疑楊過是大師兄轉世。有了這一層顧慮，兩人對戰時，達爾巴的氣勢弱了，處處忌憚楊過。及後，黃蓉見丐幫以前的彭長老站到金輪法王身後，由於十多年前黃蓉一度受過彭長老的攝心術影響，因而聯想到《九陰真經》內有移魂大法，因此提醒楊過，恰巧楊過又從重陽遺篇中看過移魂大法，故嘗試施展。達爾巴受移魂大法影響後，楊過使出美女拳法，達爾巴照樣學習。最後楊過使出「曹令割鼻」一招，驟眼看像以掌擊面，達爾巴連續打向自己面部，最終打暈了自己。楊過一人連贏兩局，為中原武林扳回一城。

楊過與達爾巴之戰殊不簡單，不只是智謀與力量的運用，金庸還佈置了許多「機緣」（也就是對戰的前設「條件」），以致楊過能最終勝出。金庸寫這段情節時，花了很多功夫來交代：(1) 達爾巴不懂漢語、(2) 達爾巴有一個已死的大師兄、(3) 達爾巴相信死後輪迴、(4) 楊過有博聞強記的聰明、(5) 楊過會《九陰真經》中的「移魂大法」、(6) 會攝心術的丐幫叛徒彭長老剛好在蒙古人群中，黃蓉因而想起移魂大法、(7) 林朝英有「美女拳法」，而美女拳法又有「曹令割鼻」這一招。

金庸一邊寫當下的戰局，又隨時抽離作旁觀者詳細解

說每個動作背後的因由，讓讀者隨小說的文字觀看二人對戰又時而跳出，走進昔日的事件，如金輪法王以前的大弟子死了，彭長老以前與黃蓉的過節等。

小龍女獨戰群邪

　　小龍女雖然練成《玉女心經》，但礙於年青，功力不高，本未能位列一流高手。後來憑着林朝英傳下的玉女素心劍，與楊過聯手，大敗金輪法王，成為了半個絕世高手。其後楊龍二人分開發展，楊過斷臂後練成了重劍之術，躋身超級高手行列。小龍女呢？金庸安排了她與周伯通相遇，最後練成了左右互搏之術，恰巧為小龍女成為超級高手提供了最有利的條件：憑着左右互搏之術，小龍女一人便可以左右手分別使出全真劍法與玉女劍法，一人雙劍合璧，使出無懈可擊的玉女素心劍。

　　金庸寫小說人物有個習慣，當某主要角色練成某種武功時，金庸會為角色人物安排一場「試招大會」，在眾人面前展示實力。郭靖從北斗星聯想天罡北斗陣再領悟《九陰真經》後，在丐幫幫眾面前展示實力（參見本書第七章第二節〈郭靖從北斗星悟《九陰真經》〉）。楊過離開古墓初出茅蘆，金庸安排了大勝關英雄大會這個大舞台讓他告訴世人甚麼是古墓派武功（參見本書第八章第四節〈楊過大戰達爾巴〉）。張無忌身負九陽神功又練成了乾坤大挪移，光推開明教秘道的大石門還不夠，金庸為他安排了「一人擺平六大派」的戲碼（參見本書第八章第六節〈張無忌戰六大派〉）。

　　小龍女也不例外。金庸讓小龍女在終南山重陽宮一人獨戰群邪，小龍女以左右互搏之術使出玉女素心劍對戰以金輪

法王為首的蒙古高手。不過，光有玉女素心劍並不足夠，金庸還安排了一幕情節，讓小龍女以左右互搏之術使出天羅地網勢，隨抓劍隨拋劍，像小丑玩雜耍，但級數更高。金庸這樣描寫：「小龍女彎下腰來，雙手不住在地下抓劍，一一擲上半空，同時空中長劍一柄柄落下，她一接住跟着又擲了上去。但見數十柄長劍此上彼落，寒光閃爍，煞是奇觀。古墓派武功本不以內力沉雄見長，而憑手法迅疾取勝。當年小龍女傳授楊過武功之時，要他以雙掌攔住八十一隻麻雀。這『天羅地網勢』使將出來，活的麻雀尚能攔住，數十柄長劍隨接隨拋，在她自是渾若無事。她手中每一刻都有兵刃，也是每一刻都無兵刃，只瞧得瀟湘子等目瞪口呆，均想這小姑娘在使幻術、玩把戲麼？」

這段情節，可能是金庸小說中最具視覺效果的對決。

張無忌戰六大派

前面提到，金庸通常會替角色人物在神功大成之後安排一場「見龍在田秀」，昭告世人江湖從此有顆必須關注的新星。陳家洛、胡斐、郭靖、楊過、令狐冲、蕭中慧與袁冠南、阿青，甚至石破天，都有類似安排。而在所有「見龍在田秀」中，張無忌的場面最是盛大：一人獨戰中原武林六大派。

要連續安排六場決戰，如果只是純粹的打鬥，劇情就不會好看。因此，金庸為這場秀設計了六個完全不同的戲碼。對崆峒派「崆峒五老」的七傷拳，戲碼是「以德報怨」，張無忌用壓倒性的功力既消弭對方的拳勁，又順道為對手療傷。對少林派四大神僧之一空性大師的龍爪手，戲碼是「以彼之道，還施彼身」，張無忌用乾坤大挪移模仿龍爪手，勝過空性

的龍爪手，既能勝出，又能顧全對方顏面。對華山派的鮮于通，戲碼是「以牙還牙」，當日鮮于通以金蠶蠱毒害蝶谷醫仙胡青牛的妹妹胡青羊，今日張無忌也讓鮮于通作繭自縛，嘗嘗金蠶蠱的滋味。對崑崙派與華山派長老聯手的「正反兩儀刀劍陣」，戲碼是「以靜制動」，兩派高手聯手，張無忌一時不習慣，落了下風，後得周芷若提醒，注意對方的步法，卻依然不動聲色，靜待時間反擊。輪到峨嵋派滅絕師太，戲碼是「以快打慢，以寡敵眾」。面對滅絕師太鋒利的倚天劍，張無忌初時遊走閃避，後來以凌厲迅速的身法不斷突擊滅絕師太，峨嵋弟子為助師父空巢而出，截擊張無忌，最後都被奪去長劍（除了周芷若的）。張無忌後來奪去滅絕師太的倚天劍，交給周芷若，周芷若卻聽師父吩咐持劍刺傷張無忌。故事發展到這裏峰迴路轉，本來穩操勝券的張無忌頓成重傷。最後的武當派雖然不願乘人之危，但仍不得不以大局為重。受重傷後的張無忌以乾坤大挪移贏了武當代表宋青書，武當派本欲罷手，但殷梨亭因與明教私怨仍要再戰，張無忌只好「以實相告」，打親情牌，武當派就此罷手。張無忌終解去明教滅教的危機。

張無忌以一人獨戰六大派，六場對決，金庸寫來無一重複，更非只寫誰強誰弱，而是在對戰中加入不同的細節，讓情節發展更豐富。如對戰空性神僧的龍爪手，張無忌先是不斷遊走，似是不敵而避，後來又豪言再退一步就算自己輸，然後打出少林龍爪手。每一過程都讓劇情急劇轉向，讓人出乎意料。

經此一役，張無忌的人生有了迥然不同的轉變，當上明教教主之後，與之前被玄冥二老所傷、被班淑嫻欺侮、被雪嶺雙姝毒打、被朱長齡追捕的那段坎坷歲月，已經完全逆轉。

李文秀的流星錘

　　《白馬嘯西風》中的武打場面並不多，主角李文秀更不是武功高手。不過，金庸在故事中安排了一場頗特別的對決，卻成為了《白馬嘯西風》的著名場面。

　　華輝雖然已經讓李文秀拔出毒針，但毒素留在體內過久，一時難以使勁，迎擊躲在山洞外的強盜。心生一計下，華輝傳了一招須用偏門兵刃的「星月爭輝」給李文秀。「星月爭輝」是流星錘法，山洞中沒有流星錘，但有已經枯乾的葫蘆，李文秀把黃沙灌進葫蘆內，再塞住小孔，頓然成為流星錘模樣。李文秀學招後出洞，兩個強盜看到李文秀所持「流星錘」模樣，原來只是枯萎了的葫蘆，不由失笑。後來雙方打了起來，李文秀雖然使不出「星月爭輝」的原本威力，但一人被葫蘆打中穴道致死，另一人割破了葫蘆，黃沙沾到眼睛，被李文秀趁機再施錘法打倒，再被毒針刺死。

　　這場對戰雖然短，也不算甚麼大戰，但金庸寫來非常細緻，從製造兵器，到傳功、演習，到實際對戰時的所有細節，還有個人的臨場反應，金庸都刻畫細緻。《白馬嘯西風》當年在《明報》上連載，以及後來出版的普及本，雲君都畫了插圖：李文秀舞動葫蘆作流星錘用。提到《白馬嘯西風》，讀者印象深刻的，除了天靈鳥，就是葫蘆作流星錘了。

鳩摩智大戰六脈神劍陣

　　大理段氏有兩種家傳武功，一是一陽指，二是六脈神劍。一陽指可傳俗家弟子，六脈神劍則只限天龍寺寺中傳人可練，不能外傳。六脈神劍是一陽指的進階版，以雙手六隻

手指頭使出六種一陽指，威力驚人。正由於一人分使六種一陽指，等於需要六倍一陽指的真氣內力才能使出，尋常武者窮一生精力才能練成一陽指，遑論需要至少六倍內力的六脈神劍，因此，天龍寺多年均沒有人能夠練成。

吐蕃大輪明王鳩摩智曾從姑蘇慕容處聽到大理段氏有此神功，而蒐集天下武學的慕容家卻不曾藏有，故在慕容博死後到天龍寺求六脈神劍，火化以慰慕容博在天之靈。天龍寺如臨大敵，但全寺上下均沒有人能夠使出六脈神劍，而單憑一陽指則非鳩摩智敵手。寺中長老枯榮大師提出一人分使六脈神劍其中一劍，合六人之力使出六脈神劍，以對抗鳩摩智的火燄刀。這六人合使的六脈神劍，被鳩摩智譏笑為「六脈神劍陣」。

金庸以六脈神劍陣迎戰鳩摩智的火燄刀，是《天龍八部》故事中第一場頂級高手大戰，也是第一次出現「神級」武功。從當年的連載史來說，張無忌對少林金剛伏魔圈，已經是兩百多天前的事；而《天龍八部》自連載開始，除了凌波微步，金庸已經有四個月的時間沒有再創作出足以讓讀者側目的武功，直至六脈神劍與火燄刀出現，《天龍八部》的故事才迎來小高潮。

金庸從兩個角度來描寫六脈神劍，六脈神劍陣是第一步。合天龍寺本寺四僧人再加上枯榮大師與保定帝，才能使出六脈神劍，也就是說，六脈神劍等於六個一燈大師一齊使出一陽指。《射鵰英雄傳》中，周伯通練成了左右互搏之術，給郭靖提醒後，才幡然醒悟，自己已具有天下第一的實力，因為兩個周伯通，是絕對勝過四絕任何一人的。簡單一點說，兩個南帝也可以做天下第一，那麼六個南帝，就等於有三個王重陽的實力了。所以，日後能夠以一人之力使出六脈神劍的人，在江湖上已經是天下第一。可見，金庸用「六脈

神劍陣」來側寫段譽日後的武功到底有多高。

　　即使從對戰來說，火燄刀對六脈神劍，也極盡視覺上的享受，讓讀者充滿想像空間。如果只是一般比試，鳩摩智大可一上來就使用火燄刀攻打各僧，無形刀氣對上無形劍氣，讀者「知道」在打卻「看」不到如何打。金庸卻安排了一些輔助用具，利用燃香的煙氣攻擊，如此一來，不只是六僧看到火燄刀真氣的流動，還擊時六脈神劍劍氣也變成了煙，無形劍氣變成有形有相的煙「線」，讀者因而「看」得見。

　　說六脈神劍讓《天龍八部》迎來小高潮，還可以從一些資料得到旁證。1976 年在《明報晚報》上連載的初修版《天龍八部》第九二續（1976 年 5 月 30 日）正文之後，金庸有一段「案語」：

> 金庸按：「天龍八部」中所敘的武功內功，有時過於神奇怪誕，非人世所能真有。拙作其他武俠小說中的武功雖有誇張，大體上或有可能。「天龍八部」關於武功內功部份的「超現實性」，則遠為強烈，年輕讀者不必信以為真。但書中的人物性格和情節卻不是「超現實」的。

　　兩年之後，類似的話，他又再說一次。新加坡《南洋商報》連載《金庸作品集・天龍八部》（不是初修版），首天連載時，金庸寫了「小序」：

> 「天龍八部」中有一些比較神奇的武功，這在現世是根本不可能的。所有讀武俠小說的讀者們，通常都能容忍一些誇張。但武功和打鬥只是比較不重要的穿插與趣味，

> 我寫作時着力的所在，始終是人性，是人世間的悲歡，
> 是兒女的深情，以及男兒漢的骨氣。我希望情節的曲折
> 離奇，不致掩蓋了華人社會中一向所珍視的道德價值。
> （《南洋商報》1978 年 11 月 1 日第二十版）

到了 2002 年，新修版《天龍八部》的後記中，金庸再次「舊事重提」，並把問題從「武俠小説容許有更多誇張元素」提升到小説是否要遵守現實主義原則的創作藝術層面來討論，從火燄刀、六脈神劍，談到《莊子·逍遙遊》，又援引看似不合情理的中國古典詩詞名句，以及《水滸傳》、《三國演義》的情節，旨在指出「不能以事實上是否可能判其優劣」。

雖然事隔多年，但金庸仍然念念不忘，屢次説清楚《天龍八部》中的武功設計。想來當年連載時讀者對於《天龍八部》上武功的「真實性」頗有意見，金庸不得不一再站出來回應讀者，交代創作想法；也側面反襯出「六脈神劍」的出現，對於當時的武俠小説創作，帶來何其大的震撼。

獨孤九劍對兩儀劍法

《笑傲江湖》中，金庸對獨孤九劍的設定過於霸道，破盡天下功夫。如此一來，任何對決都變得沒有意義。因為，武功對決在於以招拆招，但獨孤九劍不是，它是專攻每一招的破綻，兩人臨陣對決時，一方使出威力再大的武功，另一方如果會獨孤九劍，就會看到破綻，一劍破招。因此，令狐冲在學會獨孤九劍後，一直到故事的終結，轟轟烈烈打過的，只有與任我行等人對付東方不敗一戰，其餘對戰，都無甚看

頭。華山夜雨的晚上，敵眾我寡雖然緊張，卻不是打得天昏地暗，而是一招了斷：令狐冲一劍刺瞎十五高手雙眼。在少林寺對上師父岳不群，在嵩山大會上對上師妹岳靈珊，受情感牽累，更是慘勝與傷敗。即使是對上東方不敗，興許對手太強，獨孤九劍完全發揮不了效力，最後如果不是任盈盈挾持楊蓮亭讓東方不敗分心，合四人之力也不知鹿死誰手。

可見獨孤九劍對上比自己弱的，一招了斷；對上比自己強的，不一定派上用場。因此，金庸創造了這套武功，卻很難創出淋漓盡致、精彩絕倫的武打場面與對決過程。但令狐冲與冲虛道長兩個弟子一戰，卻是例外。

令狐冲帶着群雄上少林迎接聖姑，沿途經過武當山，來了三個農夫，當中老者坐在驢上，三人其實就是武當掌門冲虛道長與坐下兩個弟子。金庸安排了兩場至高劍道的比試：第一場，令狐冲對兩個農夫的兩儀劍法；第二場，令狐冲對老者的太極劍法。兩場比試中，第二場比第一場驚險，但第一場比第二場新奇而充滿創意。話説兩個農夫的劍招，一個遲緩，一個迅捷，兩人與令狐冲比試，劍不及身，都是向着空處或刺或削，而令狐冲還招時，劍招也是向空氣發出。後來，令狐冲劍招所到之處，即使劍鋒與兩人有七、八尺的差距，但兩人神情緊張，或跳躍閃避，或作勢舞劍急擋。後來二人反攻，令狐冲以目光取代劍招，每當二人出劍，令狐冲的目光就會望向二人身上某個地方，只要目光一到，二人即刻變招。令狐冲的目光就好像暗器一樣，射向二人劍招的破綻處。整場比試，三人的劍從未相交，兩個農夫已被逼得大汗淋漓。最後老者出面求情，令狐冲才收回目光，結束比試。一問之下，令狐冲始知二人所使為武當派的兩儀劍法。

第二場比試是令狐冲對老者（武當派掌門冲虛道長），但見老者手中的劍幻起劍光，化成大大小小不同的白色圓圈，

令狐冲置身其中，但又找不到對方劍招的破綻，只好退後，一連退了七、八步。後來想到風清揚曾提及，天下武功只要有招式就一定會有破綻，令狐冲唯有把心一橫賭一賭，把長劍刺向光圈之中，結果誤打誤撞地破了老者的劍法。老者給令狐冲的評價是「劍法高明，膽識過人」。

與第一場比試相較，第二場比試也很驚險與精彩，那是因為金庸運用了豐富的想像力為老者的劍法勾勒出畫面，一個一個光圈代表太極劍法的招數，帶有極強的視覺效果。但論情節的設計，第一場比試顯然比第二場更能讓讀者耳目一新。

《笑傲江湖》中，有三個人劍法高絕，第一個是風清揚，第二個是任我行（金庸清楚指出任我行的劍招更強），第三個便是冲虛道長。令狐冲分別與任我行和冲虛比試了，其餘各人，劍法一定不如令狐冲，金庸也就沒有再給令狐冲痛痛快快的純以劍招比試的機會了。

岳靈珊比武奪帥

五嶽劍派齊集嵩山商討合併一事，最後三大掌門（衡山、恆山、泰山）遭設計被迫應承。五派合併後，要選出掌門人，最後同意以比武奪帥的方式進行。金庸再一次發揮創意，讓各場比試不至於流於純粹的武打，以最強對最強，而是安排了一場又一場以心計為先的比試。岳不群令女兒岳靈珊提出把比試的重點由「誰比誰強」移至「同使一種劍法誰比誰強」，再以華山思過崖後洞五嶽劍派的失傳劍招為餌，擾亂衡山、泰山與嵩山派代表的心神，從而突圍而出。

第一場比試對泰山派玉音子，岳靈珊擺出「泰山派」失

傳絕招「岱宗如何」的架式，讓玉音子以為岳靈珊懂得計算對手出招方位從而一擊即中，為了讓岳靈珊算不到自己的方位，玉音子使出「泰山十八盤」不斷游移四走，反而忘了以自己更優勝的劍招壓倒對方。最後岳靈珊再以似是而非的泰山派劍招讓玉音子感到驚詫，然後突圍使出殺着，傷了玉音子。

第二場對衡山派掌門莫大先生，岳靈珊故技重施，一開始使出衡山派失傳劍招，一招包一路的「衡山五神劍」，莫大只好相避。最後，莫大反攻，岳靈珊長劍脫手，眼看要輸掉之際，岳靈珊使出了後洞中魔教長老破衡山劍法的絕招，也破了莫大的劍招，更擊傷了對方。

第三場對恆山派掌門令狐沖，一樣是用心計，岳不群要岳靈珊以沖靈劍法迷亂令狐沖心緒與神思，最後傷了令狐沖，成為整場比試中最令人意外的「賽果」。

最後一場對嵩山派掌門左冷禪。岳不群明知岳靈珊不可能贏左冷禪，因此，以言辭先套住對方，岳靈珊以十三招為限，希望在左冷禪手底下能撐十三招。這完全是岳不群精心設計的戰局。因為華山思過崖後洞中「石壁上所刻招式共有六七十招，岳不群細心參研後，料想其中的四十餘招左冷禪多半會使，另有數招雖然精采，卻尚不足以動其心目，只有這一十三招，倘若陡然使出，定要令他張口結舌，說甚麼也要瞧個究竟不可」。果不其然，左冷禪為要看完十三招，確實讓岳靈珊成功打出所有招式，到第十四招時，岳靈珊重複了之前的招數，左冷禪才清醒過來，「領袖武林的念頭壓倒了鑽研武學的心意」，繼而出手彈走岳靈珊的的配劍，勝出比試。

四場比試關係到誰人可當上五嶽派掌門，金庸的安排有兩個特別的地方：第一、捨棄「最強對最強」的描述方向，反其道而行，以「最弱對最強」；第二、雖然一樣有炫人耳目

的劍招，但關係勝負的不是劍招而是心計。四場比賽，顯示
的不是岳靈珊有多強，而是岳不群的心計有多厲害。《笑傲江
湖》「比武奪帥」一段故事，金庸以「陽武（劍招）陰文（計
謀）」來推動情節，令武功比試有更多可能。

十大

最強對最強

　　文無第一，武無第二。讀武俠小說的人，最愛「思考」小說中的高手誰最厲害。金庸很清楚明白這是武俠小說之所以能夠吸引讀者的因素，因此，筆下的小說都會出現最強對決的局面。不過，在對決要「別開生面」的前提下，即使是最強對最強，金庸也會加入新元素，讓一眾故事中的每場大對決，都不同於其他比試，這些元素包括：有車輪戰（《書劍恩仇錄》）、懸念（《雪山飛狐》）、虛寫（《射鵰英雄傳》）、單人對陣法（《神鵰俠侶》、《倚天屠龍記》）、一人對多人、多人對多人等。小龍女對群邪、血刀老祖對南四奇、東方不敗對任我行等，雖然都是一人對多人的最強決戰，但金庸分別以絢麗的畫面（小龍女用天羅地網勢的手法拋出漫天劍影）、詭計與心理戰（血刀老祖耍心機以少勝多），以及奇特的兵器（東方不敗用繡花針），營造出每一次「最強之戰」獨特的地方，吸引讀者追看。

張召重對戰紅花會

　　《書劍恩仇錄》有一場大戰，紅花會一眾當家為營救文泰來，在黃河邊上與張召重打了起來。張召重是朝庭武官，也是武當傳人，憑着高超的武功與鋒利無比的凝碧寶劍，在書劍故事的前半段，幾乎無往而不利，以致紅花會需要總動員，傾全幫會之力，兵分兩路，一路在黃河邊牽制清兵，另一路武功高強的當家（包括外援周仲英）則負責輪流「招呼」張召重。紅花會參與車輪戰的有頭三個當家：總舵主陳家洛、二當家無塵道長、三當家千手如來趙半山，還有友情協助的鐵膽莊莊主周仲英，每個都獨當一面，即使不能勝過張召重，但合四人之力，理應不會無功而還。事情發展的結果是：

駱冰在囚車內向文泰來口述張召重被紅花會高手車輪戰的戰況

張召重雖然受傷，卻仍擒回文泰來，眾人投鼠忌器，只好放走張召重。

在《書劍恩仇錄》中，這場大戰有兩個意義：第一、這是金庸小說創作史上第一場正邪強者對強者的大戰，紅花會武功最好的三大當家盡出，對上朝廷武功最好的人。雖然是車輪戰，仍甚有可觀之處。第二、金庸放棄了直接描述，而嘗試用故事中人旁觀的角度來描述大戰，駱冰在囚車上護着文泰來，邊從車廂探頭往外望，邊向文泰來報告戰況。這邊大戰從陳家洛亮出奇門兵器九鈎盾牌算起，到文泰來再度被擒，金庸一共寫了七天（《新晚報》1955 年 6 月 16 日至 22日，第一二九至一三五續）。雖然對戰雙方武功高強，對戰激烈，但最終因總舵主陳家洛佈置不善，白費了所有人的心血。

胡斐與苗人鳳一戰

　　苗人鳳與胡斐肯定是《雪山飛狐》江湖中最強的兩人，但由於金庸小説中清代江湖的武功體系比較平實，不如宋元江湖的神異，因此，即使是兩強對戰，胡家刀法對苗家劍法，也遠不如玉女素心劍對法王五輪。胡苗一戰最讓讀者津津樂道的是大戰的結局。正當胡斐考慮要不要把握機會砍下致勝的一刀時，金庸用開放式結局，把胡苗二人定格，讓胡斐內心的矛盾凝結。這一戰的結果，就成了千古懸案，讓讀者心裏留下一個永遠不會知道答案的問號。

華山論劍

　　《射鵰英雄傳》與《神鵰俠侶》合共三次華山論劍，讓當世武功最強的人爭奪天下第一的名號。三次華山論劍，其實只有第一次是最強戰最強，而且有實際的需要。其餘兩次，都只是餘波，甚至可以説是毫無「功能」可言，只是金庸用作為兩書收尾的一段情節。根據周伯通複述，當年《九陰真經》出世，天下群豪爭奪，最後引來全真教教主、桃花島島主，以及丐幫幫主等人插手，當世武功最強的五人，相約華山比武，爭奪天下第一的稱號，而誰是天下第一，誰就可以擁有《九陰真經》，從而結束天下群豪爭奪真經、互相殘殺的亂局。從這個角度看，第一次華山論劍確有出現的必要性。

　　二十多年之後，第二次華山論劍只是四個當年得不到天下第一爭「上位」的戲碼。論劍之時，郭靖、洪七公、一燈大師、歐陽鋒，甚至黃藥師，五人都已經得到或曾經得到過《九陰真經》，因此也不用再爭奪。與第一次華山論劍相比，

第二次華山論劍是更「小圈子」的活動，歐陽鋒瘋了，一燈大師勘破紅塵，不再爭虛名，王重陽已死，當年五絕只剩東邪與北丐。然而，為了讓比試更有看頭，金庸巧妙地透過黃蓉想出一個別開生面的比試方式，讓肯定不是天下第一的郭靖參與，東邪與北丐兩人在三百招之內若不能打敗郭靖，就得讓郭靖成為天下第一。金庸安排該情節的目的無疑是讓郭靖成為武林神話，卻讓已經變質的華山論劍再添上「私相授受」的污名。金庸最後以歐陽鋒一人連敗三強為華山論劍畫上句號，一個瘋子，一個錯練《九陰真經》的人，竟然可以打敗三個天下第一的候選者，更幽了「華山論劍」這個品牌一默。

　　《神鵰俠侶》中的「華山論劍」是名副其實的華山「論」劍。金庸雖然放棄了「小圈子活動」，卻再次明目張膽地「私相授受」，以「世襲」方式，讓西毒歐陽鋒的義子楊過得到「西狂」之位，讓北丐洪七公的弟子郭靖得到「北俠」之位，而王重陽的師弟周伯通繼承了中神通之位而成為「中頑童」。不過，與第二次華山論劍相比，由於新五絕的確是獨當一面的當世強者，第三次華山論劍實際上只是定名分而不是爭位分，這又與第二次華山論劍的性質完全不同。

郭靖獨戰天罡北斗大陣

　　《射鵰英雄傳》中的郭靖在故事發展的末尾，因為黃蓉的關係而在華山論劍中登上了天下第一。十幾年之後，在《神鵰俠侶》故事中，三十幾歲的郭靖重臨中原時，金庸安排了一場別開生面的對戰，讓郭靖熱身，也讓讀者放心：郭靖的武功不但沒有荒廢，而且日漸精進。

全真道士向郭靖擺出天罡北斗大陣

郭靖帶着楊過從桃花島上終南山，想要讓楊過拜在全真教門下，不但遇上小龍女的生日，蒙古霍都王子帶人攻全真教，更陰差陽錯地手擊石碑，讓全真教道士錯把郭靖視為「淫賊」一夥，群起而攻。以郭靖的武功，即使面對全真七子聯手，也不懼怕，更何況是全真七子的徒子徒孫？為了這場對戰，金庸佈置了兩個「天罡北斗大陣」。所謂天罡北斗大陣，乃是由七個天罡北斗陣組成。兩個天罡北斗大陣，就有十四個天罡北斗陣了。須知道，當年全真七子佈下天罡北斗陣，足以抗衡黃藥師。用這個「算法」推論，全真七子的晚輩組成一個天罡北斗陣，足可與全真七子其中一人抗衡，而天罡北斗大陣，就相當於當年全真七子的天罡北斗陣了，而兩個天罡北斗大陣就相當於兩組全真七子或兩個黃藥師了。金庸以九十八人的天罡北斗大陣對撼郭靖，正是要顯示十幾年後的郭靖，實力已遠勝當年的黃藥師。

天罡北斗大陣人數眾多，威力鉅大，郭靖的評價是「比重陽祖師所傳，又深了一層」（舊版《神鵰俠侶》第五七續，

《明報》1959 年 7 月 15 日）。正因為天罡北斗大陣，為《神鵰俠侶》迎來第一個高潮，在讀者心中留下深刻的印象。

小龍女一人獨戰群邪

《神鵰俠侶》中，楊過每次離開小龍女，都獲得新的武功而有所增益，反觀小龍女，武學之道卻一直停滯不前。不過，以小龍女的人設，金庸不可能讓小龍女學楊過，不斷學習新武功。只是，誰也沒有想到，金庸巧妙地安排了小龍女跟周伯通碰上，二人被毒蜘蛛困在山洞內。得此機緣，小龍女的武功三級跳，比楊過更快有了足以與天下五絕比肩的修為，因為，小龍女向周伯通學了左右互搏之術。

周伯通是第一個憑左右互搏之術登上天下第一的人，郭靖卻不可以，因為郭靖當時的修為不如周伯通。本來，小龍女的武功只比全真七子高，即使學了左右互搏之術，威力增大一倍，也不會像周伯通一樣，有足夠的自信勝過天下五絕。然而，因着林朝英留下的玉女素心劍，小龍女可以。玉女素心劍由全真劍法與玉女劍法組成，兩套劍法雖然都是上乘武功，但要顯出鉅大威力，使用劍法的人必須有超高的修為。玉女素心劍卻不同，那是窮林朝英畢生心血創出的劍法。在她精心設計下，當全真和玉女兩套劍法同時展開，彼此互補，能夠發揮出遠勝天罡北斗陣的威力。林朝英的想法在現實世界中得到印證，楊龍兩人即使初次悟出劍法精髓，就能輕而易舉地打敗足以與天下五絕比肩的金輪法王。從這個角度看，玉女素心劍法又遠勝王重陽的天罡北斗陣；而學會左右互搏之後的小龍女，就有了乃師祖林朝英的實力。

與金庸小説其他學武情節一樣，當故事中人（通常為

主角）學到新的武功時，金庸都會安排「試招」的情節，讓主角一鳴驚人，明確地告訴讀者：主角的修為已經大躍進。不過，由於玉女素心劍之前已經勝過金輪法王，如果小龍女一人使出劍法再對上金輪法王，雖然法王必敗，威力卻沒有得到更大的發揮，讀者的想像世界並沒有因而得到開展。因此，金庸「加碼」，讓小龍女以一人之力獨戰群邪，除了金輪法王，還有瀟湘子、尹克西等人。不獨如此，金庸更營造了極具視覺效果的比試：小龍女以左右互搏之術使出古墓派的「天羅地網勢」，活用捉麻雀這種入門功夫，擺出有如雜技一樣的接劍拋劍勢式，營造了漫天劍影的視覺效果。

　　由於古墓派武功的特色，楊過與小龍女每次施展時都讓「觀眾」目不暇給，小龍女以左右互搏之術使出玉女素心劍與天羅地網勢，既有超越天罡北斗陣的威力，又有如馬戲雜耍一樣的吸睛畫面，確是《神鵰俠侶》中最讓人賞心悅目的一場對戰。

張無忌三戰金剛伏魔圈

　　在張無忌練成九陽神功、乾坤大挪移與太極拳劍之後，個人的武功已經高到沒有人可以與之比擬。不過，張無忌如果過於厲害，無人能敗，就會讓情節失去平衡：張無忌所到之處都會如入無人之境，莫之能擋。金庸深明「平衡」之道，因此特意為張無忌佈置了由少林三高僧組成的「金剛伏魔圈」。張無忌無論以一人之力，還是以多人之力，都無法攻破金剛伏魔圈，讓倚天情節發展得到平衡。

　　《倚天屠龍記》中，張無忌三戰金剛伏魔圈。由於對打雙方的主力一樣（張無忌與渡厄渡劫渡難三僧），為免讓戰事過

於單調，金庸在三場對戰中又有不同的安排。從人力資源來說，第一場是張無忌單挑三僧，第二場是明教最強的三人（張無忌、楊逍、殷天正）對戰三僧，第三場是兩派掌門（明教教主與峨嵋掌門）對戰三僧。

三場戰事，各有可觀之處，但殊途同歸。第二場戰事，殷天正武功走剛猛路線，楊逍武功變化多端，金庸這樣說：

> 楊逍的武功最為好看，那兩柄聖火令在他手中盤旋飛舞，忽而成劍，忽而成刀，忽而作短槍刺、打、纏、拍，忽而作判官筆點、戳、捺、挑，更有時左手匕首，右手水刺，忽地又變成右手鋼鞭，左手鐵尺，百忙中尚自雙令互擊，發出啞啞之聲以擾亂敵人心神。相鬥未及四百招，已連變了二十二種兵刃，每種兵刃均是兩套招式，一共四十四套招式。（舊版《倚天屠龍記》續集第一六五續，《明報》1963 年 6 月 15 日）

第三場戰事，周芷若與張無忌聯手對三僧。周芷若已從倚天劍、屠龍刀中取得《九陰真經》精要，練成了九陰白骨爪與白蟒鞭法，從金庸創作原意來說，那是九陰九陽兩大真經合戰少林三僧（新修版中金庸改變九陰白骨爪的血緣關係，不再是九陰神抓〔摧堅神抓〕的魔化版，也就沒有九陰九陽戰少林的意義了）。

事實告訴讀者，在超高階的對決中，任何未達武功頂峰的高手，都無緣參與。第二場與第三場戰事，楊逍、殷天正與周芷若最後都幫不上忙，重擔仍然落在張無忌身上。雖然皆無功而還，但結果不一：第一場張無忌與謝遜對上話，第

二場導致殷天正油盡燈枯，第三場謝遜皈依，而明教與少林的隔閡就在謝遜拜在渡厄門下時完全消弭。

血刀老祖戰南四奇

《連城訣》（舊版原名《素心劍》）中，血刀老祖與南四奇「落花流水」任何一人的實力都不相伯仲，單打獨鬥只在不相上下。南四奇獲江湖人士邀請，對付血刀門僧人，合四人之力，殺敗血刀老祖原是無懸念的事。然而，金庸為這場最強對最強的大戰，設計「雪崩突變」，以致讓血刀老祖有了「地利」，成功「翻盤」，南四奇中落、流、水三人慘死。

南四奇追逐血刀老祖與狄雲，最後經歷了雪崩，讓對戰的「大地」充滿了變數。從雪崩後起，整個大戰可以分為四個階段，分別是偷襲錯殺 → 雪底較量 → 設局斷腳 → 跪地求饒。

劉乘風與血刀老祖相鬥間，花鐵幹持槍從後刺血刀老祖，老祖驚覺躲開，鐵槍刺死劉乘風。陸天杼跳入雪底，與血刀老祖相鬥，但因呼吸不到空氣最終被殺。血刀老祖之後設計陷阱，引水岱追擊，水岱不察，墮入陷阱，被斷去雙腳，最後求狄雲出手了結生命。花鐵幹不知血刀老祖筋疲力竭，被嚇唬得跪下求饒，給血刀老祖點了穴道。老祖欲殺水笙，狄雲阻止，卻給老祖捏住咽喉，狄雲內息無處宣洩，反打通了任督二脈，《神照經》大成，一腳踢向老祖，把老祖踢死。老祖與南四奇之戰終告落幕。

金庸寫此戰，與十年前寫《書劍恩仇錄》紅花會三大當家戰張召重一樣，結局出人意料。不同的是，紅花會無功而還是因為陳家洛安排不周，南四奇最終落敗，固是因為天時

與地利（雪崩），而最重要的因素是輸在人性。花鐵幹膽小而自私，最終錯手殺害了劉乘風，讓水岱獨個犯險，又錯過殺敗老祖的最佳時機。這一戰，金庸要顯示的不是力的比拼，而是要呈現正（花鐵幹）邪（血刀老祖）兩道卑劣的人性。

三英戰三邪

《天龍八部》有很多場對戰，當中最激烈與有看頭的，當數喬峰、虛竹、段譽三兄弟對戰邪道三個最頂尖的高手慕容復、丁春秋與游坦之，是名副其實的最強對最強。北喬峰、南慕容是當世公認的頂尖高手，降龍十八掌（新修版為降龍廿八掌）讀者最是熟悉，慕容家則有「以彼之道，還施彼身」的斗轉星移與足以媲美一陽指的參合指。段譽身懷大理天龍寺不傳之秘「六脈神劍」，更因北冥神功而累積兩百多年的功力。虛竹則具有逍遙派三大宗師接近兩百年的頂尖功力。丁春秋有化功大法與毒功，游坦之更因冰蠶而練成了少林頂尖內功《易筋經》（新修版改為《神足經》，威力雖然不減，但名頭遠不如《易筋經》）。

不過，金庸對這場決戰的描寫，並不算十分精彩。六人的功夫中，丁春秋的化功大法與游坦之（舊版叫王天星）的易筋經（冰蠶功），都不是可觀賞的功夫。虛竹的天山六陽掌與折梅手，變化雖然繁複，但金庸對這兩套武功描寫太少。降龍十八掌與六脈神劍本應是最「好看」的武功，前者掌影翻飛，後者劍氣縱橫，但由於降龍十八掌已在《射鵰英雄傳》有充分發揮，到《天龍八部》時，已欠缺新意。喬峰施展十八掌之時，金庸甚至沒有搬出任何招式，只說「他將天下陽剛第一的降龍十八掌一掌掌的發出」。段譽的六脈神劍倒是

好看，金庸用了一整天的篇幅，寫段譽受刺激後使出六脈神劍對慕容復的「以彼之道，還施彼身」。慕容復懂多種功夫，本應「打」得好看，卻因為面對絕頂功夫六脈神劍，其他不入流的武功根本不足以應付。

這場戰事，從喬峰三兄弟正式結拜開始，到慕容復慘敗想要自殺為止，金庸一寫就是十天（第七部第八〇到八九續，《明報》1965 年 12 月 8 日至 17 日），打得雖然不精彩，但當中變化與轉折確實不少，加上三大「反派」高手最終敗陣，象徵正道的落難三兄弟（喬峰被逐出丐幫，虛竹被逐出少林，段譽是愛情失敗者）終於吐氣揚眉，還三人公道，也為整個戰事畫下完美的句號。

少林三戰

《笑傲江湖》大戰連場，在金庸一眾小說中，擁有最多場次的最強戰最強，其中四場最讓讀者引頸期盼。這四場分別是：一、少林寺中，正道三大高手戰任我行一方。二、魔教上任教主與現任教主的復仇一戰。三、五嶽劍派合併五派掌門比武奪帥。四、任我行率領魔教剿滅恆山派。

四場戰事中，任我行滅恆山，放在全書最後，本是高潮中的高潮，金庸卻來個反高潮：任我行猝死，任盈盈繼位，大戰變婚事。至於五嶽劍派比武奪帥，本為各派掌門最強對最強，金庸也反其道而行，以岳靈珊連敗泰山、衡山與恆山三派，雖然過程充滿心計與籌謀，結局也出人意外（如莫大與令狐沖都輸了），但最終發揮不出「最強」之戰的意義（參見本書第八章第十節〈岳靈珊比武奪帥〉）。

要論最強對壘，當數第一與第二場。

　　第一場「少林三戰」。正邪雙方比試三場，任我行一方如勝出兩場，便可離開少林。金庸描寫這三場比試，相當細膩，特別是寫少林方丈方證大師的表現，實在出人意料。蓋因方證大師雖然是正道中號稱天下第一的高手，但多年來不曾出手，誰也不知道手底下的功夫如何。在這場比試中，方證打出「千手如來掌」，金庸這樣寫：

> 這一掌拍來，招式極其平淡，但掌到中途，忽然微微搖晃，登時一掌變兩掌，兩掌變四掌，四掌變八掌。任我行脫口叫道：「千手如來掌！」知道只須遲得頃刻，他便八掌變十六掌，進而幻化為三十二掌、六十四掌，當即以掌還掌，呼的一掌拍出，攻向方證右肩。方證左掌從右掌掌底穿出，仍是微微晃動，一變二、二變四的掌影飛舞。任我行身子躍起，呼呼還了兩掌。（舊版《笑傲江湖》第五九〇續，《明報》1968 年 12 月 17 日）

　　這段寫方證打出千手如來掌，是《笑傲江湖》中方證第一次亮出武功。金庸特意用了「反復」的修辭手法，不斷重複「掌」字，二十二小句（以標點分隔停頓為一小句）中，十四句都有「掌」。金庸這樣寫，目的在於配合內容，讓讀者不斷看到「掌」字，就像看到方證不斷幻化的掌影一樣。唯有如此，方不負「千手如來掌」的美名。

　　三場比試，三組人馬，三種打法，金庸也安排了三種出人意料的結果：方證武功勝過任我行，卻輸給了任我行。任我行武功比左冷禪高，卻輸給了左冷禪。令狐冲明明勝過岳不群，卻一味游鬥，不敢取勝，最終又於不經意間傷了岳不群。

　　舊版故事中，這三場比試還有一個功能，就是預告左冷禪已經學會辟邪劍法。左冷禪對戰任我行時，使出了極像劍招的怪異的掌法，向問天因而說左冷禪得到了《辟邪劍譜》（金庸之後才告訴讀者，《辟邪劍譜》是岳不群獻給左冷禪的）。不過，這段情節與之後有關辟邪劍法的情節互相矛盾，在金庸修訂改寫《笑傲江湖》時遭刪去。左冷禪要到五嶽劍派合併時才顯示出會辟邪劍法，而且不是來自岳不群，而是來自派去華山做臥底的勞德諾。

戰東方不敗

　　任我行帶着向問天三人上黑木崖找東方不敗算帳，意外發現東方不敗不男不女的秘密。四人聯手對上東方不敗仍不敵，最後因為任盈盈使詐，折磨楊蓮亭，東方不敗關心則亂，被任我行有機可乘，最終敗下陣來，當場被打死。整場戰事最震撼的地方有三個：第一、東方不敗堂堂男兒身身穿女裝的打扮。第二、東方不敗只用一根繡花針就可以力敵四大高手，強如令狐冲的獨孤九劍根本無用武之地，只能以兩敗俱傷的打法才能自保。第三、任我行揭開《葵花寶典》的秘密：「欲練真功，引刀自宮」。

　　這段最強戰事可以說是速戰速決，從東方不敗出手到被殺，金庸只寫了四天。《笑傲江湖》從一開始就一直提到魔教教主東方不敗是天下第一的高手，金庸用了六百五十多天的時間來醞釀這個人物，到頭來只寫了四天就讓東方不敗謝幕，也可以算是另一個反高潮。

第◆十◆章

十大秘笈

《天龍八部》第十一回〈曼陀山莊〉
出自《明報晚報》1976-06

　　現代武俠小說有四大主題：尋寶、復仇、公案，以及爭天下第一；要完成主題，達成任務，就要有好武功，也因此，盛載絕世武學的不傳秘笈幾乎成了通關密語。金庸寫武俠小說，秘笈更是重中之重，牽動了故事情節的發展：袁承志如果沒有發現《金蛇秘笈》，《碧血劍》有一半故事不能上演；《射鵰英雄傳》如果沒有《九陰真經》，五絕就不會出現；《神鵰俠侶》如果沒有《玉女心經》，李莫愁就不會重回古墓，斷龍石不會放下，楊龍二人就不會離開古墓，就不會讓尹志平或甄志丙有機可乘；《倚天屠龍記》沒有《九陽真經》，《連城訣》沒有《神照經》，主角張無忌與丁典根本活不下去。

　　金庸自己也深知道武功秘笈可與故事中人分庭抗禮，兩次改版時，都花了相當多的功夫來改寫秘笈，為秘笈編排更多傳奇背景（如《九陰真經》），更詳盡地描寫秘笈的練功細節（如《玉女心經》），以及剔除秘笈中一些已經不合時宜、引人誤會的描述（如《九陽真經》）。金庸小說之所以受歡迎，秘笈為人津津樂道，應記大功。

《金蛇秘笈》

　　《金蛇秘笈》是金蛇郎君夏雪宜所創，雖然不一定是故事中最高頂峰的武學，卻是金蛇郎君基於其性格與遭遇（如曾被五行陣圍困）而另闢蹊徑開創出來的武學路。《金蛇秘笈》共有兩本，一真一假，兩書形狀大小與字體裝訂，無不相同，內容卻是大異，假的《金蛇秘笈》更餵上劇毒。

　　《金蛇秘笈》前半部分是練功秘訣與打暗器心法，與一般武學相若，但手法陰毒狠辣，還有種種害人的毒法。後半部分所載的武功，雖然與傳統武學要旨背道而馳，異想天開，

所載武功盡是奇想怪着，但也自具克敵制勝的功效。

　　《金蛇秘笈》中有掌法、拳法和劍法，《碧血劍》中提到的計有：金蛇劍法、金蛇錐法、金蛇游身掌、金蛇擒鶴拳，也有獨臂刀法（但沒有名稱）。對於這幾套武功，金庸這樣說：金蛇劍法要配合金蛇劍才能使出當中招數，否則，「照式練去，初時還不覺甚麼，到後來轉折起伏，刺打劈削之間，甚是不順，有些招式更是絕無用處」。金蛇劍法「怪異之處，原來劍尖兩叉既可攢刺，亦可勾鎖敵人兵刃，倒拖斜戳，皆可傷敵，比之尋常長劍增添了不少用法」。至於金蛇錐法，「手法尤為奇妙，與木桑道人的暗器心法可說各有千秋」，使出金蛇游身掌時，「身形便如水蛇般游走不定」，乃是金蛇郎君「從水蛇在水中游動的身法中所悟出」，裏面包含了陰毒擊敵的招數。至於獨臂刀法，袁承志「得自《金蛇秘笈》，與江湖上流傳的左臂刀法大不相同，招招險，刀刀快」。

　　另外，還有〈破敵篇〉「敍述崆峒、仙都等門派的武功及破法，於兩儀劍法曾加詳論」。秘笈最後幾頁，應該是後加進去的破敵之法。袁承志初看秘笈時完全摸不透，後來重入岩洞，看到石壁上圖形，再參照秘笈封面夾層中的秘訣才領悟得到，卻始終不明白金蛇郎君為何要把武功搞得如此繁複，有許多招數甚至有蛇足之嫌。對戰時候，「敵人武功再高，人數再多，也決不能從四面八方同時進攻，不露絲毫空隙，而這套武功明明是為了應付多方同時進攻而創」。一直到袁承志自己面對五行陣時，才猛然省悟，「原來金蛇郎君當日吃了大虧，脫逃之後，殫竭心智，創出這套武功來，卻是專為破這五行陣而用」。

　　《金蛇秘笈》在金庸所有小說中，並不如《九陰真經》、《九陽真經》、《易筋經》、《六脈神劍經》等擁有「神級」地位，卻充滿個性，與金蛇郎君的性格緊緊相扣，讀者透過金庸在

秘笈中的鋪設與安排，對於這個從來不曾出現在小說現實世界中的人物，有更透徹的了解。除了他所創的武功具備非常鮮明的特色外，他在《金蛇秘笈》的佈置上，也會讓人覺得「心思巧妙」。

第一、要獲得《金蛇秘笈》，必須經過金蛇郎君佈下的種種「品格」考驗。由於秘笈有一真一假，愈是一心想得到秘笈的人，不單愈是得不到，而且會招致殺身之禍。

第二、金蛇郎君把畢生武學分三個地方「收藏」，彼此之間有關連，缺少任何一個部分都不能真正發揮出秘笈中武功的真諦。《金蛇秘笈》中所載武功，有一個缺點：就是「秘笈中要法關竅，記載詳明，但根基所在的姿勢卻無圖形，訣要甚是簡略」。但原來，要補足這些不足，還得從另外兩個地方得到：（1）在金蛇郎君埋骨處的石壁上，有很多圖形，這些圖形就是秘笈中所欠缺的。（2）秘笈的封面「以烏金絲和不知甚麼細絲線織成，共有兩層」。夾層中有兩張紙，一張紙是藏寶地點，另一張「密密的都是武功訣要，與秘笈中不解之處一加參照，登時豁然貫通」。

《金蛇秘笈》之所以有這樣巧妙的安排，是因為金蛇郎君認為，得到秘笈的人「要有資格」才能得到他武功的全部。第一、這個人是真正到過金蛇洞，會替他埋骨。如果秘笈輾轉落到其他人手上，這個人沒有到過金蛇洞，沒有看過石壁上的圖形要訣，那等於沒有得到秘笈，因為很多地方都會看不懂。第二、這個人不能是庸才，要心思細密，否則就不能發現封面中的夾層以至裏面的武功訣要，不能完全貫通秘笈上所載的武功了。

不過，金蛇郎君這份巧思，金庸並沒有在小說中說得那麼清楚，留給讀者自己發現與體會。

《九陰真經》

　　《九陰真經》名頭很大，是金庸首次成功「創造」的武功秘笈，也讓當時的《射鵰英雄傳》成為當時人人趨之若鶩、每天爭相追看的武俠小說，開創了金庸武俠小說創作生涯上的第一個高峰。在《射鵰英雄傳》中，《九陰真經》牽動了整個故事的發展，第一次華山論劍，王重陽等五人齊集華山比試武功，優勝者可獲得《九陰真經》。最後王重陽得勝，而天下五絕「東邪西毒南帝北丐中神通」的格局形成。然而，王重陽其後舊疾復發，自知命不久長，便帶同師弟周伯通往找南帝段智興，為要克制西毒歐陽鋒而傳一陽指給南帝，卻引出了周伯通與南帝妃子劉瑛的一段情。之後周伯通被黃藥師騙去《九陰真經》，真經卻被黃藥師的弟子陳玄風與梅超風二人盜去，因只得到其中一半，而誤練武功，終至成為江湖上惡名昭彰的銅鐵雙屍，而銅屍最後又給童年時候的郭靖殺死，郭靖無意中得到真經……歐陽鋒知道後，又因真經而纏上了郭靖、黃蓉，因而帶動許多情節。

　　《九陰真經》的影響力甚至蔓延至《神鵰俠侶》，金庸雖然另外創作了《玉女心經》，在故事中專門克制全真教武功，但王重陽在林朝英死後重入古墓弔唁時發現自身武功破不了《玉女心經》，卻憑《九陰真經》做到了。可見，在雙鵰書中，《九陰真經》一直是當時江湖的最高武學典籍，帶動整個故事發展，每段主要情節或多或少都與《九陰真經》有關。

　　舊版故事中金庸對這本武學第一奇書的描寫其實不多，只為真經安排了一個無人不識的作者——達摩，透過「權威」來提升真經地位。郭靖到桃花島，碰上了周伯通。金庸透過周伯通，交代了真經的來源。「九陰真經是武學中第一奇書，相傳是達摩祖師東來，與中土武士較技，互有勝負，面壁九

年，這才參透了武學的精奧，寫下這部書來。」（舊版《射鵰英雄傳》第三四三續，《香港商報》1957 年 12 月 11 日）

有關真經的來源，就只有這五十九字。名頭雖大，卻少了一點讓人津津樂道的傳奇談資。1972 年初次改寫時，金庸並未動工改造《九陰真經》，初修版《九陰真經》的作者依舊是達摩，一直到《金庸作品集》，金庸才把作者換成黃裳。由於黃裳受《道藏》（收錄道教典籍的叢書）啟發而寫成真經，金庸也名正言順地把真經的武學理念過戶，正式掛在道家、道教名下。

《玉女心經》

金庸在《射鵰英雄傳》之後發現，武俠小說要成功，武功秘笈與人物角色同樣重要，除了要把角色寫好外，還要創作出色的武功秘笈。《神鵰俠侶》中的《玉女心經》就是在這種體認下應運而生。

要成功塑造一本能讓讀者留下印象而且津津樂道的武功秘笈，裏面所載功夫高超是不可或缺的成分，但不是唯一的元素。觀乎金庸創作的《玉女心經》，與《金蛇秘笈》一樣，包含很強烈的人物性格與故事性。讀者透過與《玉女心經》有關的描寫，從中體會到創出心法的人背後的故事。

首先，金庸為《玉女心經》的作者，找來一個足與天下五絕相比的絕世高手林朝英。金庸甚至認為東邪西毒北丐四人的功夫都在林朝英之下。

其次，金庸成功地為《玉女心經》注入性格與故事。在武學等級的設定上，《玉女心經》並不會比《九陰真經》高（因為王重陽能以《九陰真經》破《玉女心經》），金庸並不是要

楊過小龍女練《玉女心經》

以更高層次的武學來蓋過先前成功創造出來的武學。《玉女心經》在設定上只是要勝過王重陽，而不是令林朝英成為天下第一。作為武者，林朝英的志向並非天下第一，而是王重陽。在得不到王重陽之後，她幽居古墓，以餘生創作了專為針對王重陽武功的《玉女心經》。如果說，王重陽一手創作的全真劍法是天下第一的劍法，那麼，《玉女心經》中的玉女劍法處處克制全真劍法，又比天下第一更高。

　　從《神鵰俠侶》的描述來說，《玉女心經》除了內功外，至少有五種武功，第一是入門功夫天羅地網勢，這是古墓派的入門武功，第二是輕身功夫，第三是美女拳法，第四是玉女劍法，最後是玉女素心劍。特別是玉女素心劍，那是勝過天下第一的玉女劍法配合天下第一的全真劍法而成的武功，兩個天下第一加起來，自然是第一中的第一了。由於那是林朝英幻想自己與王重陽有影皆雙、兩情繾綣下而創造出來的武功，因此也可以說是林王之戀的故事從有到無的象徵。

　　不過，《玉女心經》最為人記得的是內功的練功方式與心

法：容易走火入魔、全身熱氣騰騰、必須二人同練。正因為這些限制，為《神鵰俠侶》提供了許多情節的發展空間：楊過想出來的奇特練功方法、小龍女受重傷以致放下古墓斷龍石要與李莫愁同歸於盡、楊過破了小龍女的誓言，甚至日後小龍女為尹志平（新修版叫甄志丙）污辱，都因《玉女心經》內功奇特的限定而引起。

　　《神鵰俠侶》向獲推崇為金庸眾多小說中的情書，然而，不能否定的是楊龍二人從師徒到情侶的轉折在故事中過於突兀，楊過與小龍女不只是有師徒之名、師徒之實，還完全是師徒之思。一直到所謂破除誓言以前，兩人根本沒有任何超越師徒的想法。這是舊版與修訂版《神鵰俠侶》一直為人詬病的地方。1999 年開始，金庸着手再次大規模修改小說，楊龍二人欠缺互動的情節就成了必要修改的目標與工作。在新修版《神鵰俠侶》中，金庸從《玉女心經》着手：增加了有關《玉女心經》的練功過程與細節。由於林朝英把對王重陽的思慕與幻想都全數投入《玉女心經》中，以致當兩人練習時，常有情侶般的舉動。這些舉動，後人依着來練，如果是一男一女，自然會耳濡目染，也就會增加戲假情真的可能。例如《玉女心經》第七章的「願為鐵甲」，金庸這樣說：「這日練到一招『願為鐵甲』，楊過須得雙臂環抱小龍女，似乎化為一件鐵甲，將她周身護得不受敵傷，小龍女則須束手受護，自行調勻真氣。楊過縱身向前，雙臂虛抱，其實並沒碰到師父身子，但眼光中脈脈含情，顯得決意自捨性命，為她盡受敵人刀槍拳腳。小龍女一與他眼光相接，紅暈上臉，微感不妥，眼光中露出羞怯之情，輕聲道：『過兒，不好！』楊過便即跳開。」（明河社新修版《神鵰俠侶》頁 230-231）

　　在《神鵰俠侶》中，《玉女心經》與其說是武功秘笈，倒不如說是故事情節，本身既是情愛故事的產物，放在小說中，

更是用來推動情節的發展。新修版中，金庸對《玉女心經》有這麼一個描述，可以作為《玉女心經》的終極評價：「當年古墓派祖師林朝英獨居古墓而創下玉女心經，雖是要克制全真派武功，但對王重陽始終情意不減，因此前面各篇固是以玉女心經武功克制全真派武功，寫到第七篇之時，幻想終有一日能與意中人並肩擊敵，因之這一篇的武術是一個使玉女心經，一個使全真功夫，卻相互應援，分進合擊，而不是相互對抗。林朝英當日柔腸百轉，深情無限，纏綿相思，盡數寄託於這篇武經之中。雙劍縱橫是賓，攜手克敵才是主旨所在。」

《胡家拳經刀譜》

如果不把紅花會的一眾當家算進去，《雪山飛狐》與《飛狐外傳》故事中武功最高的兩人，就是苗人鳳與胡斐。胡斐的武功，來自家傳的《胡家拳經刀譜》。根據胡斐的父親胡一刀所說，《胡家拳經刀譜》乃由高祖（爺爺的爺爺）飛天狐狸所撰，裏面除了刀法與拳法外，還有輕功絕技「飛天神行」（舊版《雪山飛狐》稱為「百變鬼影」）。這輕身功夫，飛天狐狸的兒子曾做過示範：「那兒子縱上前去打人時群豪並未看清，退回原處時仍是一幌即回，這一瞬之間倏忽來去，竟似並未移動過身子。」

《胡家拳經刀譜》在故事中是最高武學秘笈的代表，金庸只說是「武林絕學」、是「胡家拳法與刀法的精義」所在，卻沒有說得太清楚，但用了映襯的手法來突出秘笈有多厲害。胡斐出生不久，胡一刀不慎受刀傷而中毒死去，母親隨即自刎身亡。閻基趁機去搶胡一刀的遺物，包括珠寶錢財與《胡家拳經刀譜》，平四知道秘笈不能落在旁人手中，於是把閻基

擊暈，然後從對方手中取回秘笈。平四在心慌意亂間用力一奪，雖然將秘笈奪回，最前面的兩頁，卻留在閻基手中。

閻基雖然只拿到秘笈的前兩頁，從中「學會十幾招殘缺不全的拳法，居然能夠和第一流的拳師打成平手」。這兩頁拳經的內容，就是整部秘笈的總訣，也是扎根基的內門功夫。閻基練成了兩頁的內容，就能躋身高手行列。拳經刀譜總共有二百多頁，其威力可想而知。

多年以後，平四與閻基再度遇上，平四詭稱金面佛苗人鳳要閻基交出兩頁拳經，閻基於是原璧歸趙。胡斐得到前兩頁後，以前看刀譜時不懂的地方，就變得很清楚，自此以後，「武功進境一日千里」。

《九陽真經》

《九陽真經》最早在《神鵰俠侶》末段故事出現，但《神鵰俠侶》對《九陽真經》的描述並不多。只知道是抄在佛經《楞伽經》的空白位置中。作者是誰呢？舊版與修訂版都説是達摩。不過，金庸後來發現這個設定有一個嚴重破綻，因為歷史上的達摩是天竺人，根本不懂書寫中文，試問又如何在《楞伽經》空白地方用中文寫《九陽真經》？所以，到了新修版，《九陽真經》的作者就變成一個不知名的前輩高人。

《九陽真經》也是帶動整個《倚天屠龍記》故事發展主要元素。故事甫一開首，即以覺遠大師憑《九陽真經》迎戰來犯的崑崙三聖何足道。後來真經一分為三，郭襄、覺遠弟子張君寶以及少林的無色禪師分別記住了部分《九陽真經》。幾十年之後，故事主角張無忌得到了完整版的《九陽真經》，更因為內力充沛而練成了西域明教鎮教神功乾坤大挪移，從而

張無忌在山谷中修練《九陽真經》

左右了整個江湖局勢的發展：先是阻止六大派圍攻光明頂，
幫助明教免滅頂之災；之後又在張三丰受重創下解去武當滅
派危機；最後更救出被朝廷囚禁的六大派，從此化解了六大
派與明教的多年宿怨，隱然成為足以號召武林的第一人。在
屠獅大會中，更因朝廷來犯，帶領群雄擊退敵人。

　　《九陽真經》從舊版到新修版，本質有很大的改變，在舊
版中，金庸的創作原意是《九陽真經》與《九陰真經》這兩
部武秘笈互補，兼得而無敵於天下（舊版《倚天屠龍記》第
一五七續，《明報》1961 年 12 月 9 日）。只是，金庸後來
把九陽神功與張無忌寫得太厲害，根本不需要《九陰真經》，
張無忌已能無敵於天下。修訂版時期，金庸並沒有做根本的
修改。到了新修版，情況就很不同了。金庸在新修版的初稿
中，[1] 做了兩大修改：第一、金庸取消了達摩為《九陽真經》

1　這段初稿，由於最終沒有用上，不能在新修版中看到。2019 年，台灣遠流出
　　版社為展覽「金庸武俠　華山論劍」出版了一部導覽手冊，手冊收錄了這段不
　　被採用的書稿，共有十頁（頁 49-58）。

的作者的設定，第二、金庸原想加一個新人物青城大隱作為
《九陽真經》的作者，青城大隱看過《九陰真經》後，發現過
於陰柔，故創出陰陽調和、威力凌駕於《九陰真經》的《九
陽真經》來。不過，由於青城大隱創作《九陽真經》的情節
與原來《神鵰俠侶》的情節前後矛盾，金庸才刪去青城大隱
這個角色，而只謂不知何人所撰。[2]

但不論如何修改，《倚天屠龍記》故事中《九陽真經》得
到充分發展，威力甚至蓋過《九陰真經》，又是不爭的事實。

《神照經》

《神照經》在《連城訣》（舊版稱為《素心劍》）中，金庸
設定為故事中最厲害的武功，練成者可以天下無敵。不過，
與《九陰真經》、《玉女心經》等武學秘笈相比，金庸卻極少
描寫《神照經》到底是一門怎樣的功夫，只知道裏面有無影
神拳。金庸又說神照功極難練，因為以丁典的才智，又有內
功根基，也要練十二年才練成。在故事中，《神照經》是鐵骨
墨萼梅念笙因感念丁典救命之恩，因而送了給他。丁典練成
後，再傳給狄雲。以狄雲的資質，在沒有丁典的指點下，原
本練上二、三十年，也不會練成，但因與血刀老祖對決時被
捏住咽喉，真氣無法宣洩，在體內不斷運轉，突然衝向任督
二脈，而神照功始告練成。狄雲有了神照功的根基，就像張
無忌練成九陽神功與乾坤大挪移後，再練其他武功，就往往

2　　邱健恩：《何以金庸》，香港：中華書局（香港）有限公司，2021 年 7 月初版，
頁 117-124。

一理通百理明，很容易上手與練成。狄雲練成《神照經》後，再練血刀門的《血刀經》，「有了『神照功』這無上渾厚的內力為基礎，再艱難的武功到了手中，也是一練即成。」

《神照經》在小說中，有兩個功能：(1)為主人翁（狄雲與丁典）提供助力，完成當下的任務（情節）、(2)本身如同寶藏一樣，有着推動情節的功能。丁典之所以被凌思退設計陷害，除了因為擁有連城劍訣外，還因為有了《神照經》，凌思退想從丁典身上拿到《神照經》。

《神照經》的第一種功能，則在狄雲身體現出來。他因為有了《神照經》，可以打敗血刀老祖，變得耳聰目敏，可以抵擋武功比他高的花鐵幹，可以擊殺天上的飛鷹來做食糧。因為《神照經》，也輕而易舉地練成《血刀經》，集正邪武學於一身，成為天下間武功最好的人。

《六脈神劍經》

大理段氏有兩種祖傳：一陽指與六脈神劍，一陽指為大理皇族的武功，六脈神劍則藏於大理天龍寺，為天龍寺的鎮寺之寶，不傳俗家子弟，即使是大理皇族，也不一定知道有六脈神劍的存在。天龍寺原名崇聖寺，位於大理城外點蒼山中嶽峰之北，是大理皇室的家廟，歷代許多皇帝，往往於登基後避位為僧，都在天龍寺出家。

由於《射鵰英雄傳》與《神鵰俠侶》都提及過一陽指，在舊版中更是天下第一王重陽的獨門絕技（修訂版才轉到南帝手上，詳參本書第二章第三節〈王重陽〉），讀者印象深刻。到了《天龍八部》，故事主要描寫在大理國發生的事情，金庸於是創造了六脈神劍，一種比一陽指厲害六倍以上的武

功。金庸寫六脈神劍，寫得非常詳細，從武學原理、經脈運行，以及施展方法，都說得相當清楚，為了顯示劍法威力，更安排了比試：吐蕃大輪明王鳩摩智以火燄刀對天龍寺諸僧人的六脈神劍陣。（詳參本書第八章第八節〈鳩摩智大戰六脈神劍陣〉）

　　六脈神劍並非有形之劍，而是無影之劍，乃是純以內力推動，以一陽指的指力化作劍氣，也就是無形劍氣。所謂六脈，「即手之六脈太陰肺經、厥陰心包經、少陰心經、太陽小腸經、陽明胃經、少陽三焦經」，而神劍就是指由指頭射出無形劍氣。六脈真氣各由不同指頭射出。所謂六脈神劍，其實就是一個人用六根手指頭使出六種一陽指，分別是：拇指少商劍、食指商陽劍、中指中衝劍、無名指關衝劍、小指少衝劍，以及左手小指少澤劍。也就是說，修練六脈神劍者的內力至少要六倍於一陽指所需的內力，由於無人能夠聚集到這麼強勁渾厚的內力，也就很少人能夠練成六脈神劍。

　　六脈神劍載於《六脈神劍經》，共有六幅卷軸，每幅卷軸上繪着裸體男子圖形，身上註明穴位，以紅線黑線繪着經脈運走的路徑。

　　金庸也細寫了真氣在各脈中的運行路線，例如「『手少陽三焦經脈』，真氣自丹田而至肩臂諸穴，由清冷淵而至肘彎中的天井，更下而至四瀆、三陽絡、會宗、外關、陽池、中渚、液門，凝聚真氣，自無名指的『關衝』穴中射出」。[3] 至於「手少陰心經脈」，則是「自腋下的極泉穴，循肘上三寸至青靈穴，至肘內陷後的少海穴，經靈道、通里、神門、少府諸

3　本節中所引原文，乃據修訂版《天龍八部》。舊版與新修版描寫真氣流經的路徑，當中的穴道，或與修訂版不同，本文不另標明差異。

穴,通至小指的少衝穴」。

六脈神劍六種劍法,各有不同的特色。金庸説:「凡人五指之中,無名指最為笨拙,食指則最是靈活,因此關衝劍以拙滯古樸取勝,商陽劍法卻巧妙活潑,難以捉摸。少衝劍法與少澤劍法同以小指運使,但一為右手小指,一為左手小指,劍法上便也有工、拙、捷、緩之分。但『拙』並非不佳,『緩』也並不減少威力,只是奇正有別而已。」至於少商劍法,「便如是一幅潑墨山水相似,縱橫倚斜,寥寥數筆,卻是劍路雄勁,亟有石破天驚、風雨大至之勢」。

這六脈神劍,當年連載時,金庸一共寫了十二天,從 1964 年 2 月 16 日寫到 2 月 27 日,用約一萬五千字的篇幅去寫一種武功,在金庸小説中可説是甚為罕見,甚至比降龍十八掌更有過之而無不及。《天龍八部》的創作原意是寫發生在大理的事情,金庸寫「六脈神劍」如此神乎其技,確是一絕。只是後來創作方向改了,從大理轉移至中原,甚至遠至西夏、吐蕃、大遼等地,整個武林變得更廣大,武功絕技更多,六脈神劍最後又落在段譽身上,使出時或會有失靈時候,以致整套武功被弱化,失去了初登場時的光芒。

至於《六脈神劍經》,由於天龍寺不敵鳩摩智,枯榮大師本着天龍寺武功不外傳的原則,最後把秘笈燒掉。幸好段譽學會整套劍法,六脈神劍不致完全失傳。

《易筋經》

金庸小説中,有兩部小説提及少林寺的《易筋經》,一是《天龍八部》,另一是《笑傲江湖》。兩部小説中的《易筋經》都有非常大的威力。《天龍八部》中的《易筋經》,姑蘇

慕容推崇備至，視之為少林寺真正絕學，其他如七十二絕技雖然厲害，但絕非如《易筋經》一樣，能夠成為天下武學之首，可與大理天龍寺的《六脈神劍經》匹敵。至於《笑傲江湖》中的《易筋經》，只是少林方丈方證大師的絕學，方證亦因為練成《易筋經》，能夠成為日月神教前任教主任我行佩服的人。

在《天龍八部》中，《易筋經》放於少林寺的菩提院，阿朱從少林寺盜了出來，交給喬峰。阿朱死後，喬峰雖然帶在身上，卻不慎遺失，被游坦之所拾。《易筋經》由天竺梵文寫成，游坦之看不懂，後來因為協助阿紫練化功大法，被毒物咬傷，淚水、口涎等弄濕了經書，在梵文之間現出僧人的圖形。每頁上都有僧人，各擺出不同的奇怪姿勢，如腦袋從胯下穿過，伸了出來，雙手抓着雙腳。游坦之誤打誤撞間也擺出了同樣姿勢，中毒後本來呼吸困難，卻變得舒服。僧人圖旁邊有的天竺文中有些紅色彎曲的箭頭，游坦之看着這些箭頭，腦袋隨箭頭的方法去想，本來身體很癢的地方像化作一絲暖氣，流經體內的經脈後消失了。如是者多想數十次，中毒後麻癢感覺完全消失。

金庸說：「書中圖形，是用天竺一種藥草浸水繪成，濕時方顯，乾即隱沒，是以阿朱與蕭峰都沒見到。其實圖中姿式與運功線路，其旁均有梵字解明，少林上代高僧識得梵文，雖不知圖形秘奧，仍能依文字指點而練成易筋經神功。游坦之奇癢難當之時，涕淚橫流，恰好落在書頁之上，顯出了圖形。那是練功時化解外來魔頭的一門妙法，乃天竺國古代高人所創的瑜伽秘術。」

游坦之後來中了冰蠶毒，又依經中圖形所示擺出奇怪姿勢，再依循梵文中的紅色箭頭去想，冰蠶寒毒化為極冷冰線，遊走於體內，加上《易筋經》內功培養，互相為輔，「水火相濟，已成為天下一等一的厲害內功」。自此以後，游坦之

每次使出《易筋經》的內力，當中都會「附有極凌厲的陰勁」。游坦之亦因為冰蠶寒毒與《易筋經》，成為了足可與喬峰、段譽等三兄弟一戰的頂級高手。

　　至於《笑傲江湖》中的《易筋經》，金庸借少林寺方證之口，詳細交代了《易筋經》如何流傳下來：《易筋經》為東土禪宗初祖達摩老祖所創，傳給二祖慧可。達摩圓寂後，二祖在蒲團的旁邊見到《易筋經》，雖然苦心鑽研，卻仍不可解。後來遍歷名山，訪尋高僧，只有四川峨嵋上的梵僧般密諦能夠相與研究，互相啟發，歷經七七四十九日之後終於明白了經中的禪宗佛學。再十二年之後，在長安道上遇見年青的李靖，兩人談了三日三夜，二祖才悉數領悟《易筋經》中的武學奧秘。

　　至於《易筋經》的威力，方證又說：「《易筋經》的功夫圜一身之脈絡，繫五臟之精神，周而不散，行而不斷，氣自內生，血從外潤。練成此經後，心動而力發，一攢一放，自然而施，不覺其出而自出，如潮之漲，似雷之發。」後來方證與任我行對戰，運起《易筋經》，干擾了任我行的內力，令對方內力運轉極不暢順。

　　金庸筆下的《易筋經》，雖然同為達摩所作，但《天龍八部》與《笑傲江湖》兩書對《易筋經》的描寫並不完全吻合。本來，兩個故事兩個不同的江湖與時空，不一定要一致。但金庸後來再次修訂小說時，有意將《笑傲江湖》連在《天龍八部》之後，讓兩書的江湖變得有先後傳承的關係（如任我行的吸星大法，與逍遙派的北冥神功有關），如此一來，兩書的《易筋經》就不能不一致了。因此，新修版《天龍八部》寫游坦之中毒時，《易筋經》被沾濕後所浮現的圖形，並非《易筋經》，而是《欲三摩地斷行成就神足經》。金庸這樣說：「圖中姿勢與運功線路，已非原書《易筋經》，而是天竺一門

極神異的瑜伽術，傳自摩伽陀國，叫做《欲三摩地斷行成就神足經》，與《易筋經》並不相干。少林上代高僧按照書上梵文顯字練成易筋經神功，卻與隱字所載的神足經全無干係。游坦之奇癢難當之時，涕淚橫流，恰好落上書頁，顯出了神足經圖形。神足經本是練功時化解外來魔頭的一門妙法，乃天竺國古代高人所創的瑜伽秘術，因此圖中所繪，也是天竺僧人。」至於為甚麼會一書兩經？金庸的解釋是：「至於以隱形草液所書繪的瑜伽《神足經》，則為天竺古修士所書，後來天竺高僧見到該書，圖字既隱，便以為是白紙書本，輾轉帶到中土，在其上以梵文抄錄達摩祖師所創的《易筋經》，卻無人知道為一書兩經。」然而，為甚麼天竺古修士不用看得見的墨水寫下《神足經》而偏要用隱形草液？為甚麼天竺僧人長路迢迢帶一本空白的經書到少林抄寫《易筋經》，而最終又沒有帶走，遺落在少林寺裏，金庸就沒有進一步的解釋了。

俠客島石壁神功

　　金庸並沒有為俠客島上二十四個石室中的武功命名，只能以詩歌之名，稱為「俠客行神功」。

　　不知道在甚麼時候，有人在一個無人的荒島上開闢了二十四個石室，並在每個石室中刻上一句由唐朝時李白所創作的《俠客行》詩歌，並在石壁上刻下詩歌的注釋。事實上，每一句詩都是一套武功，有劍法，有輕功，也有腿法等。刻字的人似乎要跟以後的人開玩笑，並沒有直接說清楚該如何練這些武功，卻在圖形、字體之間透露一些提示，讓以後的人透過提示來修練武功。每句詩所留的方法都不同，有時候是圖形線條的流動方向，有時候是所刻字體裏面某些筆畫像

小箭頭，能夠引導體內真氣運行的方向。

這套「俠客行神功」，後來給兩個人發現了，一個姓木，一個姓龍。兩人在島上住了下來，一齊鑽研，卻達不到共識，彼此對注釋的文字有不同的理解。雖然理解不同，但也從中獲益，提升了功力。龍、木二人後來廣邀武林同道來看石壁上的武功，但無論多少年，來了多少人，都無法真正解通石壁上的武功。一直到某一年，一個目不識丁的青年也到了俠客島，青年本身有深刻的內功，但對武功的認知很有限。由於不識字，青年看不懂注釋，也因此沒有花時間去鑽研文字，只能看圖形，甚至把每個文字視作圖形。青年誤打誤撞地撇開了語言文字的障礙，直接觀照每張圖（包括文字），卻發現體內渾厚的真氣隨圖形的筆觸或筆畫的方向流動，最後，竟然把二十四句詩所代表的二十四套武功，全部練成了，而見證他練成神功的人，就是最初發現俠客島神功的龍、木島主。

青年練成了俠客行神功，加上自己原本已有羅漢伏魔神功，又曾給九九丸、烈火丹催谷體內真氣，提升功力，已經成為當今武林中武功最高的人。

其實，從《素心劍》（修訂版改為《連城訣》）開始，金庸已經想寫「單純」的心與練功的關係。《素心劍》的創作原意，應該是像狄雲這種入世未深、不會計較太多得失、有着單純內心的人，能夠練成至高無上的劍法「素心劍」。只是後來故事偏了軌跡，朝向發現寶藏的方向發展，「素心」這種想法，唯有退位。金庸後來寫《天龍八部》，再次搬出「素心」的想法，游坦之之所以能夠練成《易筋經》，完全是因為他從來沒有想過要去練《易筋經》的內功，他只是為了讓自己在中毒後舒服一點，才依照經上的圖形擺姿勢。他的目的不是「練好武功」，所以能夠恰巧地符合修練《易筋經》的條件。

《天龍八部》之後，金庸寫《俠客行》，利用俠客行神功的奇妙設定，再加入新元素「文字障」，以致任何拘泥於要由注釋入手，修練俠客行神功的人，到最後都只是墮進文字障中，永遠得不到正確的答案。答案，就在語言文字之外。青年（石破天）由於不認識文字，便不會墮進文字障中，這種「單純」的、未受語言文字污染的內心，就是修練最厲害武功的條件。

金庸筆下的「俠客行神功」，不但有着無可匹敵的威力，更有着金庸的深層寓意。

《葵花寶典》

《葵花寶典》在《笑傲江湖》中與辟邪劍法是一而二、二而一的武功秘笈。在舊版中，華山派閔肅與朱子風到少林偷看《葵花寶典》，把所記憶的經文抄了下來，成了《葵花寶典》第一個副本。少林寺知道後，主持紅葉大師派弟子渡元大師往華山勸二人不要修練寶典內功，二人趁機拿出寶典請教渡元，渡元把經文記下來抄在身穿的袈裟上，後來憑寶典創出了辟邪劍法，這是寶典的第二個副本。至於最原始的版本，後來給少林寺燒了。

《葵花寶典》雖然也牽動整個《笑傲江湖》故事的發展，但與《倚天屠龍記》的《九陽真經》不同。故事以青城滅林家開始，為的就是《辟邪劍譜》。華山派掌門也派出女兒與弟子從旁窺伺，最後岳不群成功收辟邪劍法傳人林平之為徒，為的正是劍譜。主角令狐冲因犯錯而被罰在思過崖面壁，意外發現山洞中的夾層，多年前魔教十長老曾大舉來犯華山，搶去閔朱二人的《葵花寶典》抄本。魔教的東方不敗練了寶典上的武功，而成為了天下第一人。令狐冲在思過崖上遇上

前輩高人風清揚，學了能破盡天下武功的「獨孤九劍」，而被人誤以為私吞《辟邪劍譜》。被逐出華山派之後，無意中救出了魔教前任教主任我行，並隨同任我行到黑木崖，聯手殺了東方不敗。五嶽劍派合併，決定以比武方式選出掌門，左冷禪以為自己穩操勝券，最後被岳不群設計，練了錯誤版的辟邪劍法，輸給了真正得到辟邪劍法的岳不群。林平之也因練了辟邪劍法，武功大進，殺了青城掌門余滄海，更殺了妻子岳靈珊。

《葵花寶典》最讓讀者留下印象的是金庸為寶典加了一個震撼人心的設定：「欲練真功，引刀自宮。」不過，在舊版中，金庸最初的想法並非如此。金庸原來構想：華山派鎮派神功《紫霞秘笈》最後一頁，寫着「紫霞神功，入門初基。葵花寶典，登峰造極。」（舊版《笑傲江湖》第二四五續，《明報》1967 年 12 月 21 日）如此一來，金庸就把三種武功串連起來，也把林家與華山派串連起來。不過，《葵花寶典》是何模樣，金庸這時還沒有想清楚。一年之後，故事再次提到《葵花寶典》時，金庸已經沒有再把紫霞神功拉進來，這個時候金庸的想法已經改變，嘗試解釋《葵花寶典》的來源。少林方證大師與武當冲虛道長跟令狐冲說出了《葵花寶典》的「傳聞」：寶典原是由一對夫婦撰作，分為乾坤二經（或稱「天書、地書」、「陽錄、陰錄」）。華山派閔朱二人各自修練，就成了華山派的劍、氣二宗。（舊版《笑傲江湖》第六三三至六三五續，《明報》1969 年 1 月 29 日至 31 日）

一個多月以後，隨着東方不敗出場，金庸一方面要為這位當世武林第一人佈置能讓人印象深刻的人設，一方面又要解謎，交代林家後人的禁忌——為甚麼不能翻閱家傳寶典？「欲練真功，引刀自宮」八字真言，就成了《葵花寶典》的「定讞」（舊版《笑傲江湖》第六六三續，《明報》1969 年 2 月

28 日）。自此以後，一切與《葵花寶典》有關的劇情都得依據這八個字。

　　金庸當年創作舊版《笑傲江湖》，從初次提到《葵花寶典》，到林平之轉述袈裟上渡元大師的文字紀錄，前後相隔達十七個月，金庸每天隨想隨寫，對《葵花寶典》所作的鋪墊與設定出現嚴重紕漏，原可以理解。金庸 1977 年修訂小說時，刪掉《紫霞秘笈》最後十六字，徹底切斷紫霞神功屬「初基」與《葵花寶典》屬「登峰造極」的關係，但並沒有更改寶典由一男一女合著的説法。1979 年出版《金庸作品集》時，金庸終於認清真相：小修小補不足以堵塞所有因《葵花寶典》的描述而來的漏洞。因此大刀闊斧地更換寶典作者，由一雙夫妻改為宦官，確認了寶典「欲練真功，引刀自宮」的合理性。

第十一章

十大

留書

　　「留書」在武俠小說中是非常有用的寫作技巧，往往可以把當前的情節發展反轉過來，讓好變不好，讓不好變好。《神鵰俠侶》中，楊龍二人以玉女素心劍擊退金輪法王，本來普天之下再沒有人有能力阻礙兩人在一起，小龍女卻因黃蓉的話而留書出走，這是從好變不好；小龍女身受重傷，楊過從王重陽留下的書信而對療傷有所啟悟，則又是由不好變好。「留書」的方式有很多，可以寫在紙上，刻在石壁上，寫在牆上。「留書」的時間可以分為當下與前代兩種，前者指留書寫給現在的人看，後者則指後人無意中看到前人的留書。「看留書」的人可以是特定對象，如《倚天屠龍記》裏，明教教主陽頂天死前留書給夫人看；也可以沒有特定對象，如謝遜殺人後在牆上留書，目的在嫁禍，寫給任何人看。

　　「留書」除了能改變情節的發展方向，有時更能夠調整情節的緊張氣氛，讓人稍稍舒一口氣。這通常出現在「隔代留書」的前提下，為了引入前代人的背景資料，小說會帶讀者進入留書人過去的世界，交代發生了何事，因而能讓當下的情節暫緩下來。

金蛇郎君留書

重寶秘術，付與有緣，入我門來，遇禍莫怨

　　金蛇郎君在埋骨處的留書，可以說是金庸小說中最為複雜的：（1）既在石壁上留書，也在鐵盒中留書。（2）有很容易就可以看到的留書，也有很難才能發現的留書。（3）留書的內

重寶秘術付與有緣

入吾門來未遇禍其咎

志

容有真也有假。金庸之所以要佈置這麼複雜的留書情節，是要配合金蛇郎君的人設：多疑與工心計。

　　袁承志進入金蛇郎君埋骨的山洞後，首先看到的是壁上留字：「重寶秘術，付與有緣，入我門來，遇禍莫怨」，如果從以後的情節來看，這十六個字就是警告語，像在告訴進山洞的人，接下來要面對的「俄羅斯輪盤」遊戲，如果不玩，可以立刻離開，但如果要玩，就可能會有「禍害」了。不過，要勝出遊戲，靠的不是運氣，而是「品格」與「才智」。在接下來的「遊戲」中，會有選擇題，金蛇郎君會留書讓進洞的人來選，選對了，可以進下一題，選錯了會死，中途停止，最多只能拿個安慰獎：真金打造的金蛇錐，如果有能力找出壁上的劍，還可以多拿一把合金打造的金蛇劍。

　　進洞的人看到壁上留書之後，第一個選擇題是「去」與「留」。袁承志選擇留下，開始挖地坑埋骸骨，然後挖到一個鐵盒，鐵盒裏面有一封信，是金蛇郎君第二道留書：「得我盒者，開啟此束」，第二個選擇是「開」與「不開」，如果不開，就可以帶着金蛇錐離開，因為盒子很深，打開卻很淺，沒有其他東西了。袁承志選擇打開，裏面又有信箋，是金蛇郎君第三道留書：「盒中之物，留贈有緣，惟得盒者，須先葬我骸骨。」然後又有兩個信封，上面分別寫着「啟盒之法」與「葬我骸骨之法」。金蛇郎君留下的第一道品格審核題：先開盒取物，還是先挖坑埋骸骨？袁承志選擇後者，打開了「葬我骸骨之法」的信封，看到金蛇郎君第四道留書：「君如誠心葬我骸骨，請在坑中再向下挖掘三尺，然後埋葬，使我深居地下，不受蟲蟻之害。」事實上，選擇的人還沒有完全通過品格測試，因為可以同時選擇打開兩封信，再看看內容如何才做選擇。如果嫌挖地太深麻煩，沒有挖到三尺深，草草埋了骸骨，然後再取盒中的東西，就不能通過品格審查了。不

過，袁承志選擇依從金蛇郎君留書指示，挖地三尺，結果又發現一個小鐵盒，裏面又有一封信，是金蛇郎君的第五道留書，恭喜袁承志通過品格審查，可以得到「重寶秘術」。留書的內容這樣寫：「君是忠厚仁者，葬我骸骨，當酬以重寶秘術。大鐵盒開啟時有毒箭射出，盒中書譜地圖均假，上有劇毒，以懲貪欲惡徒。真者在此小鐵盒內。」

不過，即使袁承志已經通過品格審查，所得到的，也不是金蛇郎君留下的全部。因為，金蛇郎君還有最後一道考題，既考運氣，也考智力。袁承志在修練秘笈上的武功後，常發現有些地方講得不夠詳細，即使回山洞看壁上圖形，補回部分練功訣要，卻仍有不足。後來燒掉秘笈時，封皮太厚燒不掉，才發現原來有夾層。夾層裏有藏寶地圖，也有《金蛇秘笈》的練功要訣，還有金蛇郎君第六道留書：「得寶之人，務請赴浙江衢州石梁，尋訪溫儀，酬以黃金十萬兩。」至此，袁承志才算通過金蛇郎君的考核，得到全部的「重寶秘術」。

在金庸所有的小說中，金蛇郎君的留書，可以說最驚險，也最有創意。

胡斐刻字留書

生來骨骼稱頭顱，未出鬚眉已丈夫！九死時拚三尺劍，
千金來自一聲盧。歌聲不屑彈長鋏，此事唯堪擊唾壺。

在舊版《雪山飛狐》中，胡斐見到苗若蘭時，有一段有趣的描寫：胡斐看到玉筆山莊大廳上所掛金面佛所題的「九

生未骨骼稱頭顱　未出鬚眉已丈夫

九死時拚三尺劍　千金未自一聲盧

歌聲不厭彈長鋏　世事惟堪擊唾壺

結客四方知己遍　相逢先問有讎無

死時拼三尺劍 ／ 千金來自一聲盧」對聯時，一時文興大發，也想要來和幾句，於是從牆上拔出一口釘子，用釘子在桌上刺字，一和就是六句，把原來對聯的兩句也鑲嵌在裏面：「生來骨骼稱頭顱，未出鬚眉已丈夫！九死時拚三尺劍，千金來自一聲盧。歌聲不屑彈長鋏，此事唯堪擊唾壺」，寫到這裏，文思接不上來要先思索一下，苗若蘭卻接了下去：「結客四方知己遍，相逢先問有讎無？」之後，苗若蘭捧出古琴，邊彈邊唱，胡斐「當下斟滿了酒，左手持杯，右手執劍，舞將起來」。

能夠看到對聯而即興寫詩嵌入原句相和，是文采好的表現；邊想邊刻字留書，固然是才思敏捷，而以釘子刻字，更代表武功高絕。金庸這樣說：「胡斐微微一笑，左掌在牆壁上一拍，只聽得砰的一聲響，壁上一口鐵釘突了出來。他右手大拇與食指拿住鐵釘，微一用力，已將鐵釘拔在手中。于管家雖久歷江湖，可是如他這般驚人的掌力指力，確也是聞所未聞，只見他將鐵釘挾在食指內側，在那方桌面上寫起字來，一筆一劃，都是深入桌面半寸有奇（筆者案：原文作「奇」字，該是檢字錯排，應作「餘」）。那方桌是極堅硬的紅木所製，他手指雖借助鐵釘之力，但這般隨指成書，揮寫自如，那指上的功夫更是高到了極處。」（舊版《碧血劍》第七七、七八續，《新晚報》1959 年 4 月 27-28 日）金庸之所以要寫這段刻字留書情節，是想為胡斐製造出震撼性的形象效果：主角文武全才，能詩會舞。須知道，胡斐在《雪山飛狐》故事後半段才出現，金庸用了一半的篇幅，要那麼多人在大廳上交談，塑造胡斐的傳奇背景，派遣來的幼童武功完全蓋過天龍門南北宗高手聯手，到真正的主角出場時，金庸不能不為這個只演半部戲的主角設計一個完美的出場秀。不過，到了修訂版時，大抵金庸覺得這樣的胡斐，能力之高，太過匪夷所思，便把這段情節刪去，只加了句「二十餘歲後頗曾讀書」，讓胡斐在「文」方面的能力連降三級。

劍魔留書

重劍無鋒，大巧不工，四十歲前恃之橫行天下

　　《神鵰俠侶》中，劍魔獨孤求敗有兩個留書的地方，第一個地方是埋骨處，第二個地方是劍塚。楊過之所以能夠看到劍魔的留書，是因為大鵰。不過，舊版與修訂版《神鵰俠侶》描寫楊過遇見大鵰的情形並不相同。舊版故事中，大鵰被大蟒蛇纏住，楊過以君子劍砍蛇，君子劍卻分為兩段。蟒蛇死後，楊過發現蟒腹藏有鋒利軟劍，劍身上有「紫薇」二字。大鵰後來帶楊過到獨孤求敗的埋骨處，楊過看到獨孤求敗用劍刻在石壁上有三行字：「縱橫江湖三十餘載，殺盡仇寇，敗盡英雄，天下更無抗手，乃隱居深谷，以紫薇為妻，神鵰為友，嗚呼，生平求一敵手而不可得，誠寂寥難堪也。」（舊版《神鵰俠侶》第四三五續，《明報》1960 年 7 月 27 日至 31 日）金庸當日寫到劍魔埋骨處的時候，可能還沒有想出劍塚四把劍四種劍道境界的情節，只謂紫薇是劍魔的唯一配劍，才有「以紫薇為妻」的說法。楊過於蛇腹中發現紫薇，自是與劍魔有緣。後來寫到劍塚，用四把劍分別代表劍魔四種不同劍道境界，紫薇就變得不是唯一了。如此一來，前面埋骨處所謂「縱橫江湖三十餘載」只有紫薇一把劍，就出現矛盾。因此，修訂版改寫時，這段留書便得修改一下：「縱橫江湖三十餘載，殺盡仇寇，敗盡英雄，天下更無抗手，無可奈何，唯隱居深谷，以鵰為友，嗚呼，生平求一敵手而不可得，誠寂寥難堪也。」

　　離埋骨處約一里的地方有一座峭壁，峭壁離地約五、六十丈處（修訂版改為二十餘丈），突出一塊三四丈見方的大

重劍無鋒
大巧不工
四十歲前恃之
橫行天下

石平台，大石上刻上「劍塚」兩字。楊過上到劍塚後發現「劍塚」兩個大字旁刻着兩行小字：「劍魔獨孤求敗既無敵於天下，乃埋劍於斯。嗚呼，群雄束手，長劍空利，不亦悲乎？」後來大鵰移開石頭，楊過看到三柄劍，在每柄劍之下各有一塊石片，而第一與第二把劍之間，又有一塊石片，石片上都刻着文字。第一把劍下面的石片刻着：「凌厲剛猛，無堅不摧，弱冠前以之與河朔群雄爭鋒。」而在第一與第二把劍中間的石片，則刻着：「紫薇軟劍，三十歲前所用，誤傷義士不祥，乃棄之深谷。」這也正好解釋了，為甚麼劍魔視之為妻的紫薇劍竟會遺失，葬身蛇腹，原來是獨孤求敗主動放棄的。第三把劍下的石片則刻着：「重劍無鋒，大巧不工，四十歲前恃之橫行天下。」最後一把劍的石片刻着：「四十歲後，不滯於物，草木竹石均可為劍，自此精修，漸而進於無劍勝有劍之境。」

　　劍塚上的文字打開了楊過在武學層次上的視野，讓楊過遙想多年前的獨孤求敗如何在江湖上揚威。「重劍無鋒，大

大鵰帶楊過到劍塚，楊過看到劍魔獨孤求敗的留書。

巧不工」八字，更開啟了楊過對自身武學重視輕盈與速度的反思，因此，後來當大鵰要楊過使用玄鐵劍，以及在山洪中練劍時，楊過初時雖然力有不逮，但由於受到劍魔留書的激發，堅持下去，最終練成了重劍之術，隱然已到絕世高手的等級。

劍魔的留書，可能是金庸故事中最有勵志效果的留言。

王重陽留書

玉女心經，技壓全真，重陽一生，不弱於人

王重陽讓出古墓給林朝英居住，為了應約陪伴左右，在終南山創立全真教。林朝英死後，王重陽偷入古墓弔唁，發現了刻在石室中的《玉女心經》。在舊版與修訂版中，王重陽看到《玉女心經》後面如死灰，苦思三年而不能創出一套武功反破《玉女心經》，只是後來得到《九陰真經》，從經中得到啟示，找到破解《玉女心經》的法門，並把《九陰真經》訣要與破解《玉女心經》法門寫在古墓某一個石室中。修訂版中，王重陽在石棺棺頂內側寫下「玉女心經，技壓全真，重陽一生，不弱於人」十六個字，並指示如何找到那間「消失的密室」。本來，古墓在放下斷龍石之後，楊龍二人等於落入死局中，但正因為重陽留言，讓兩人找到密室，而密室有又途徑指示古墓另一個不為人知的出口。

不過，王重陽這十六個字的留言，三版小說不盡相同。每一版本都反映出不一樣的王重陽。在舊版故事中，王重陽

玉女心經技壓全真　重陽一生不弱於人

重入古墓，在密室寫下破解《玉女心經》之法後，不是在石棺棺頂內側留書，而是在林朝英所繪王重陽背影圖上，在畫中人手指旁寫下極小的字，如果古墓的人發現，就知道王重陽能夠破解《玉女心經》。後來又怕字體太小，古墓的人發現不了，恰巧這時，有一女子在古墓外哭啼，王重陽一問之下，才知道女子以前受過林朝英救命之恩，想到墓內拜祭，但不得其法。王重陽於是指示女子入古墓，並囑咐十六字，讓女子在臨死前告知古墓傳人。這個女子就是孫婆婆。孫婆婆後來把王重陽囑咐的十六字寫在白布上，再縫在棉襖裏。後來由於被郝大通打至重傷，來不及說出來就已經死了。多年以後，小龍女練《玉女心經》被干擾而受重傷，楊過拿孫婆婆的棉衣蓋在身上，小龍女力大，扯破了棉襖，才發現裏面的白布寫着「重陽先師，功傳後世，觀其畫像，究其手指」十六個字，楊龍二人於是重新審視畫像，才發現王重陽所留下的訊息，才找到消失的密室。舊版這個留書版本過於曲折，既怕人發現（寫下極小的字）又怕人不發現（十六字留言）；何況，孫婆婆在林朝英死後十三、四年才來弔唁，已經有點過時。王重陽就是想讓古墓派後人知道，《玉女心經》其實比不上他王重陽的武功，十六字留言卻無一字提及《玉女心經》，留言目標不明確，故金庸後來改了這十六字。

　　到了新修版，王重陽這十六字留言，金庸又改了一次，但只是改了其中兩字：「玉女心經，欲勝全真，重陽一生，不弱於人。」改了兩字，意思大不同。「欲勝」是想要勝過的意思，並沒有承認《玉女心經》真的贏過王重陽或能夠破去全真教的武功。《玉女心經》能破的，只是全真教粗淺的功夫，卻不能破全真教最上層的武功。

　　不過，新修版王重陽這個說法其實並不如之前兩版合理。第一、《玉女心經》可能真的不及王重陽，因為王重陽還

有《九陰真經》，他最後也是靠《九陰真經》才能反破《玉女心經》。第二、王重陽曾立下誓言，凡全真門人，不得修練《九陰真經》的功夫，因此，自全真七子以下都沒有學過《九陰真經》，周伯通是看過，但沒有練過（雖然潛移默化地會一點點），既然《九陰真經》不屬於全真教，那就不算是全真教的武功了。第三、也是最重要的一點，在楊過與小龍女的實戰經驗中，小龍女尚未練《玉女心經》，已經可以打敗全真七子的郝大通，又幾與丘處機打成平手。練了《玉女心經》之後的小龍女，自然勝過全真七子了。連當世最強的全真高手，小龍女都能勝過，那已經不是「欲勝」而是「真勝」了。

　　總括而言，修訂版的十六字留言最是正確，也符合事實。金庸聰明地將「全真功夫」與「王重陽修為」兩個概念分開，《玉女心經》勝過的，只是「全真功夫」而不是「王重陽修為」。新修版把「全真功夫」與「王重陽修為」畫上等號，就會出現不合理的地方了。

小龍女留書

十六年後，在此重會，夫妻情深，勿失信約

　　《神鵰俠侶》中，小龍女曾四次在無預警的情況下離開楊過，前三次離開，只有第二次留下「善自珍重，勿以為念」。不過，小龍女每次離開，楊過都有所得着。第一次離開，楊過得遇北丐西毒，學了打狗棒法的招式，後又學到口訣。第二次離開，楊過得遇東邪，學了東海桃花島的武功。第三次離開，楊過重傷，後得神鵰指點，於山洪中練成了重劍之術。

十六年後在此重會

夫妻情深勿失信約

小龍女書囑

夫君楊郎

珍重萬千

務求相聚

　　小龍女第四次離開，是在楊過身中情花毒後。當時，能解毒的半顆絕情丹已跌進深淵，黃蓉從一燈大師師弟天竺神僧臨死前手上拿着斷腸草面帶微笑一幕推測，斷腸草應可解楊過的情花毒，但楊過因為小龍女傷重難瘉，堅拒解毒。小龍女為讓楊過重燃求生希望，決定跳崖自絕，在跳前留下「十六年後，在此重會，夫妻情深，勿失信約」十六個大字以及「小龍女囑夫君楊郎，珍重萬千，務求相聚」十六個小字。

　　留書內容雖然沒有很特別，卻充滿戲劇性。小龍女中冰魄銀針之毒深入腑臟，楊過中情花毒加上半顆絕情丹讓劇毒聚在一起，隨時喪命。讀者本來要看的是這對苦命鴛鴦如何雙雙逃過一劫。後來天竺神僧找到解救楊過之法，故事劇情的重心落在金庸如何解拆一死一生的困局。只是，金庸筆鋒一轉，讓小龍女「重施故技」逃離現場。如此一來，故事的發展已經不再是關心生與死的問題，還是這雙有情人最後能否再相見的問題。小龍女這段留書無疑讓整個故事的發展推到最高點，也讓讀者提出很多問號。加上黃蓉訛稱南海神尼

楊過一覺醒來，不見了小龍女，卻看到壁上留字。

每十六年來中土一次的謊話，讓讀者引首期盼，到底十六年之後，金庸怎樣拆解伏線與解謎。

在金庸設計的所有留書中，小龍女留書，應是最讓人懸心的十六個字了。

謝遜留書

混元霹靂手成崑

謝遜十歲時拜了混元霹靂手成崑為師，二十三歲時入了明教，到二十八歲時，成崑到訪，卻殺了謝遜全家一十三口。此後五年間，謝遜兩度找成崑報仇，均無功而還。後來得了《七傷拳譜》，練成後自問能勝成崑，成崑卻已銷聲匿跡，人間蒸發。為了要逼成崑出現，謝遜不斷作惡，殺了三十多個武林中人，當中不乏一派掌門，以及交遊極廣的老英雄。謝遜殺人後，都會留下「混元霹靂手成崑」七個字。江湖中人雖然不相信是成崑所為，但成崑自此以後都不曾出現（後來才知道已經出家為僧，潛伏少林，拜在少林寺方丈、四大神僧之首空見大師門下）。

謝遜殺人留書，以及日後拿到屠龍刀懷璧其罪，多少年來江湖人士一直要追查他的下落，以致很多情節都因此而起：(1)張翠山夫婦知道謝遜下落，六大派上武當山追問，張翠山夫婦間接被逼死。(2)雪嶺上朱長齡知道張無忌是張翠山之子，因此設局欺騙張無忌。(3)屠獅大會上，多位武林中人前去，皆因想要找謝遜報仇。

事實上，混元霹靂手成崑從一個愛護謝遜的師父變成殺

天鷹教於王盤山揚刀立威，金毛獅王謝遜來攪局。

害謝遜全家的禽獸，可以說是《倚天屠龍記》所有故事的起因：明教教主陽頂天娶了成崑的師妹為妻。成崑與師妹偷情被陽頂天發現，陽頂天走火入魔至死，妻子內疚自殺。成崑傷心欲絕決意要報仇，於是投身蒙古，策動反江湖人士的計謀，讓江湖中人自傷殘殺。

張翠山留書

> 武林至尊，寶刀屠龍
>
> 號令天下，莫敢不從
>
> 倚天不出，誰與爭鋒

張翠山獲天鷹教殷素素邀請，到王盤山出席揚刀立威大會，謝遜忽然出現，言談間要殺死所有人。張翠山提出與

武林至尊 寶刀屠龍
號令天下 莫敢不從
倚天不出 誰與爭鋒

謝遜比試，如果勝出，謝遜就要饒去場中人的性命。謝遜答應，並讓張翠山出題。張翠山於是用鐵筆銀鈎在石壁上題下「武林至尊，寶刀屠龍，號令天下，莫敢不從，倚天不出，誰與爭鋒」二十四個大字來。

不過，這二十四個字後來卻引起了江湖幫派的爭鬥。武當派到了王盤山後發現張翠山壁上題字，才知道張翠山曾參與揚刀立威大會，人卻下落不明，於是到天鷹教問倖存者白龜壽，雙方動起手來。後來崑崙派也到了天鷹教，卻被天鷹教殺了兩人，自此以後十年間，江湖中各個幫派不斷尋找金毛獅王，彼此間的仇怨也愈結愈深。

「武林至尊」這二十四字的江湖傳言，在《倚天屠龍記》初期，金庸曾想用來做為武功，張三丰創出了「倚天屠龍功」，演練之際，給張翠山瞧見，於是就傳了給張翠山。張翠山後來在石壁上刻字，用的就是張三丰所傳的「倚天屠龍功」，刻出剛勁而有法度的字，謝遜文武雙全，也不禁敗下陣來。只是，故事後來的發展，就沒有再提及過「倚天屠龍

張翠山在石壁上以鐵筆銀鈎寫下「武林至尊」等二十四個大字

功」，張無忌固然不會，張三丰後來創出太極拳劍，早年所創武功就不再提起了。張翠山在王盤山上這二十四個大字，可以説是「倚天屠龍功」第一次也是最後一次出現在世人眼前。

蕭遠山留書

峰兒周歲，偕妻往外婆家赴宴，途中突遇南朝大盜……

蕭遠山帶着妻子與兒子蕭峰到外婆家赴宴，卻無緣無故地遭埋伏在雁門關外的中原人士砍殺，妻兒慘死（蕭遠山以為兒子死了），萬念俱灰下跳崖自盡，臨死前拾起地上的短刀在石壁上留書。這次參與伏擊的人只剩帶頭大哥、汪劍通、其時尚未出家的智光大師（還有原以為死了但其實只是給嚇暈的趙錢孫），三人看到石壁上的留書，但因不懂契丹文字，於是帶頭大哥用溪水「化開了地下的凝血，塗在石壁上，然後撕下白袍衣襟，將石壁的文字拓了下來」。

壁上的文字後來被鏟得乾淨，不復再看到。蕭峰後來追尋帶頭大哥，找到智光大師，智光大師把當年的布袍拓片給了蕭峰。金庸説：「只見那塊大布是許多衣袍碎布縫綴在一起的，布上一個個都是空心白字，筆劃奇特，模樣與漢字也甚相似，卻一字不識，知是契丹文字，但見字跡筆劃雄偉，有如刀斫斧劈，聽智光那日説，這是自己父親臨死前以短刀所刻。」蕭峰也不懂契丹文字，智光邊指着文字，邊翻譯蕭遠山的留書內容：「峰兒周歲，偕妻往外婆家赴宴，途中突遇南朝大盜，事出倉卒，妻兒為盜所害，余亦不欲再活人世。余受業恩師乃南朝漢人，余在師前曾立誓不殺漢人，豈知今日

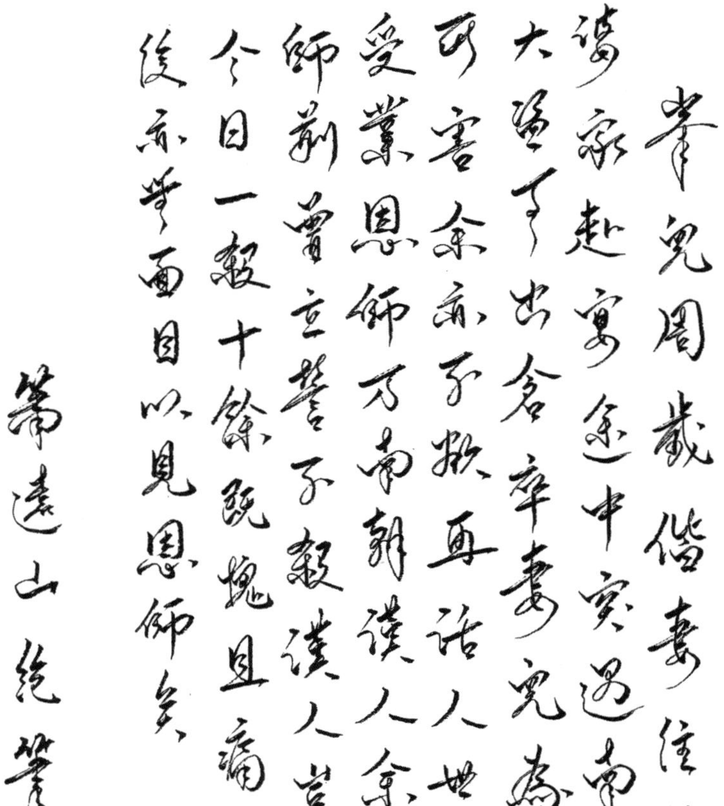

尝兒周歲偕壽佳外

謂家赴寄途中突遇南朝

大德了出倉卒壽兒為惡

可害余乃于擻再話人世余在

受業恩師乃南朝僕人余在

師前曾立誓了毅僕人豈知

今日一歇十餘既媿且痛孤

後示覺面目以見恩師矣

籌遠山絕筆

一殺十餘，既愧且痛，死後亦無面目以見恩師矣。蕭遠山絕筆。」

　　新修版《天龍八部》第二十一回〈千里茫茫若夢〉寫到智光大師與蕭峰見面時，還加了一大段有關蕭遠山的身世背景：蕭遠山是大遼的親軍總教頭，負責保護皇帝與太后，武功則師從一個住在大遼的漢人。朝中常有攻打大宋的建議，蕭遠山則往往向皇帝與太后進言，力阻對大宋用兵。蕭遠山這樣做，完全是為了報答恩師的深恩厚德。這段新加進去的文字，一共寫了三頁，目的有兩個：第一、指出蕭遠山對大宋有恩，對比帶頭大哥伏擊一事無義，更加強諸人內疚感（才會在蕭峰身上彌補）。第二、補充原留書刻字情節不足的地方：蕭遠山既然拜漢人為師，何以不懂中華語言，又何以只是因為拜漢人為師便立誓不殺漢人。為了加強第二點，蕭遠山的留書在新修版情節也有一些改變。原句「余在師前曾立誓不殺漢人」，金庸多寫了幾個字：「余在師前曾立誓不與漢人為敵，更不殺漢人。」僅僅多了六個字，卻加強了蕭遠山對漢人的感情與大義。

連城劍訣

四、五十一、三十三、二十八……

　　金庸創作《素心劍》時，原意並非寫寶藏。故事開首時，戚長發聽聞大師兄萬震山練成了連城劍法先是大吃一驚，及後認為對方撒謊。丁典臨死前向狄雲交代如何獲得《神照經》與連城劍訣，指出梅念笙三個徒弟當日要的，也只是《連城

四五十一三十三五十三十八七

三十四十一四十三二十八

一十二五十二一十六

劍譜》，並謂與《神照經》相比，連城劍法又算得上甚麼？由此可見，金庸起初創作《素心劍》時，只是想寫武林人士爭奪劍法，但後來故事走向變成了寶藏。不過，故事寫眾人爭奪連城劍法，到最後都是徒勞，一切線索都斷了：(1) 梅念笙知道劍訣，但多年前已死去。(2) 丁典知道劍訣，但來不及説給狄雲知道，已經死去。(3) 凌霜華知道劍訣，也已經死了。(4)《連城劍譜》沾濕後會顯示劍訣，但最後給萬震山父子抓成片片粉碎。

當所有人（包括讀者）以為劍訣從此湮沒時，金庸這樣説：「第二天早晨，江陵南門旁的城牆上，赫然出現了三行用石灰水書寫的數目字。每個字都是尺許見方，遠遠便能望見，『四、五十一、三十三、二十八……』」。有人留書城牆上，寫下連城劍訣，留書的人正是狄雲。為要引出萬震山父子，狄雲公佈了劍訣數字。這劍訣，是狄雲為丁典與凌霜華合葬時，在凌霜華的棺蓋內側頂部，看到的數字。原來凌霜華當日被生葬，臨死前在棺木上方用指甲刻下連城訣。

故事發展到這裏，結局變得有點「趕」：金庸用超過九成的篇幅寫人人都在追尋劍訣（或寶藏），卻用不足一成的篇幅來交代留書後的所有情節：在藏寶地天靈寺古廟裏，三師弟殺了二師兄，又殺了大師兄，而忽然間，所有人都到了古廟，包括設計毒害丁典的凌思退、南四奇的死剩種花鐵幹，大家搶奪寶藏，又忽然，大家都中了毒，原來當年梁元帝在寶藏上抹了極厲害的毒藥。而最後，狄雲不再關心大家搶奪寶藏的結果，帶着空心菜回到雪谷。

魔教長老留書

五嶽劍派，無恥下流，比武不勝，暗算害人

令狐冲在華山思過崖上練劍，無意間刺穿了石壁，才發現石壁之後原來另有空間，於是鑿開石壁，探身入內，沿着通道往前走，到達一個可以容納千人的大山洞。但見地上有十具骸骨，更有不同的兵器散落各處。大山洞的石壁上，赫然刻着十六個大字：「五嶽劍派，無恥下流，比武不勝，暗算害人。」「每四個字一排，一共四排，每個字都有尺許見方，深入山石，是用極鋒利的兵刃刻入，深達數寸。十四個字稜角四射，大有劍拔弩張之態。」十六個字旁邊，還有其他小字，寫着卑鄙無賴、可恥已極、低能、懦怯等等罵人語句。此外，還有許多圖形，都是一組兩個在對打，像是其中一人在破解對方招數。華山派劍招「有鳳來儀」與「蒼松迎客」亦在其內。

這段留書與圖形，其實與《笑傲江湖》全書故事情節有很大的關係。

第一、山洞內十具骸骨原來是魔教長老，但為甚麼會來攻打華山派呢？這就關係到故事中從一開始即已強調的辟邪劍法／《葵花寶典》。華山派的兩位前輩曾到福建莆田少林偷看《葵花寶典》，回華山後默寫出來，還沒來得及練，就被魔教搶走。

第二、魔教教主任我行把搶回來的《葵花寶典》給了東方不敗，東方不敗練成後成了天下第一，而任我行則被關在西湖梅莊。最後，向問天設計，利用令狐冲到西湖梅莊救出任我行。

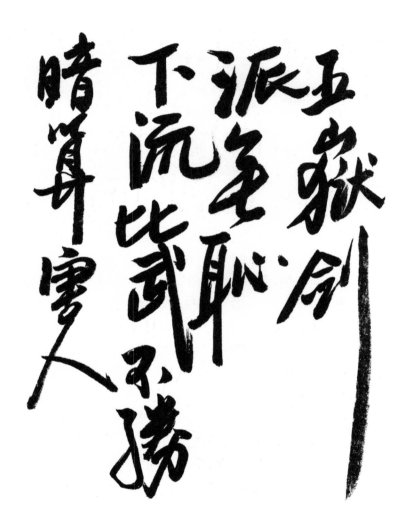

五獄劍派色色恥，下流比武不猪，暗算事人

令狐冲在山洞中發現魔教長老留書與破解五嶽劍派劍法的圖形

第三、令狐冲看到魔教長老盡破五嶽劍派劍法後，對自身武功失去信心，才引得風清揚現身，傳授獨孤九劍。

第四、華山派看過《葵花寶典》的兩位前輩後來對武功有不同看法，以致華山派分為氣宗與劍宗兩派，最後氣宗得勝，主宰華山派。劍宗被趕走，後來在左冷禪的支持下回華山派爭奪掌門之位。

第五、五嶽劍派嵩山大會上，岳不群指使岳靈珊使出思過崖後洞中其餘四派失傳的劍法，成功打倒了衡山派的莫大先生與泰山派一眾高手。併派以後，岳不群更以華山思過崖後洞有各派失傳劍法，誘使各派前去。

令狐冲在思過崖上發現的這段留言，雖然只是往事，金庸在創作時，卻能讓之後每個情節與這段往事遙相呼應，以致全書各條故事線的情節發展更加緊湊，讀者讀來更有趣味。

舊版這一段情節金庸隨寫隨發表，當中有不少地方出錯。例如，令狐冲剛進後壁山洞時，確實是看到十副骸骨，

但其中五副分別是五嶽劍派的人，屬魔教長老的只有五副。
《明報》1967 年 10 月 15 日（《笑傲江湖》第一七九續）：
「使這兩件外門兵刃和那利斧之人，決不是本門弟子。只有那
五位使長劍的，才是本門前輩。」不過，一個月之後（《笑傲
江湖》第二一○續），風清揚現身，則說：「你不知道麼？這
十具骸骨，便是魔教十長老了。」顯然前言不對後語。另外，
風清揚更直說這魔教十長老都是他殺死的（第二一一續），既
然風清揚可以以一人之力殺十長老，則「比武不勝」的說法
又從何而來？須知道，十長老是被堵死在山洞之內的。
如果十長老與五嶽劍派惡鬥與被堵死在前，那風清揚要
殺十長老就得先打開山洞，待殺死眾人後再把山洞堵回
去。不是沒這個可能，卻看似不太合理。因此，金庸後
來改寫時，令狐冲在山洞內發現的，就沒有再提及五
副骸骨是五嶽劍派的人，風清揚也沒有再說人是他殺
的了。

第十二章

十大 幽閉空間

《俠客行》第十四章〈大陰謀〉 出自《明報晚報》1975-12

　　幽閉空間指密封的空間，既可以指山洞、密室，也可以指秘道、地底。幽閉空間既是「場所」，也是情節；與「留書」一樣，都是武俠小說中經常使用的技巧。與「留書」不同的是，留書能夠讓故事節奏放緩，而幽閉空間則帶領讀者進入更緊湊的情節中。密封的環境先天就充滿神秘感，加上是全新環境，對讀者來說，無疑是進入新世界，離開一直以來已經熟悉的故事場景與形勢，對於接下來要發生的情節，就會產生繼續追看的意欲，想了解故事中人最終的「下場」與「出路」。

鐵膽莊涼亭地窖

　　紅花會四當家文泰來受重傷，為要躲避朝廷追捕，與駱冰、余魚同到鐵膽莊暫避。莊主周仲英不在莊內，由弟子孟健雄接待。張召重追到鐵膽莊，孟健雄帶領眾人藏身花園涼亭下的地窖。金庸這樣寫：「當下把文泰來扶起，走進後花園的一個亭子裏，和余魚同兩人合力把亭子中的一張石桌搬開，露出了一塊鐵板，拉住鐵板上的鐵環用力向上一提，鐵板掀起，下面原來是一個地窖。」（舊版《書劍恩仇錄》第五六續，《新晚報》1955 年 4 月 4 日）地窖雖然隱秘，周仲英幼子周英傑因想得到張召重的千里鏡，受不住誘惑，而以點頭與搖頭方式暗示地窖位置，洩露了秘密，文泰來因而被捕。

　　這個地窖對於整個故事發展來說，雖然沒有甚麼特別之處，卻涉及《書劍恩仇錄》中一件人間悲劇：周仲英回歸鐵膽莊後得知洩密真相，認為兒子「年紀輕輕就見利忘義」，將來定會盡做傷天害理的事，故一掌打在周英傑天靈蓋上，把兒子打死。舊版故事中，周英傑殺子雖然顯示是非分明、大

義滅親的豪氣，卻過於不近人情。因此，在修訂版中，金庸稍稍改了情節：一樣是周英傑洩密，理由卻不同。張召重不是用利誘而是用激將法，十歲小童因不堪被輕視，情急之下把地窖位置説了出來。修訂版中，周英傑最後也是死在父親手上，死法卻不同：周仲英知道後怒不可遏，把鐵膽擲向牆上，原只為發洩怒氣。周英傑突然衝前，想撲到父親懷中求饒，卻撞上其中一枚鐵膽，給打得鮮血四濺，登時氣絕。周仲英在修訂版中更有人情味，但周英傑之死卻多了一分無奈。

鐵膽莊的密室是金庸小説中最讓人搖頭嘆息的幽閉空間。

金蛇郎君埋骨處

袁承志在華山上收服了兩隻猩猩，命名為小乖與大威。某日，小乖在華山絕壁上無意中發現一個小洞，後來袁承志沿着小洞通道往裏面爬，只見一副骸骨盤膝坐在中間，旁邊有一把劍，骸骨前面有十幾枝金蛇錐，洞壁牆上有用利器刻出來的圖形與文字，其中十六個字是「重寶秘術，付與有緣，入我門來，遇禍莫怨」。穆人清猜想，骸骨正是金蛇郎君夏雪宜，山洞內該有異寶和秘笈。

發現骸骨與死者生前所用兵器，牆上有死者生前的武功，這種情節在武俠小説經常出現，本來沒有甚麼特別。金庸卻安排了特殊情節，讓小小的山洞變得非常不平凡。

袁承志後來帶備工具，再入山洞，想要挖坑把骸骨埋了。但挖不了多久，就發現地下埋有一個盒子。盒子裏有一封信，裏面有一張紙和兩封信，紙上寫着：「盒中之物，留贈有緣，惟得盒者，須先葬我骸骨。」兩封信信封上則分別寫着「啟盒之法」、「葬我骸骨之法」。袁承志並沒有想打開盒子，得到夏

童年袁承志發現金蛇郎君的留書

雪宜的東西，因此先打開另一封信，看如何埋葬骸骨，信上寫着要誠心葬骸骨的人再往下挖三尺，袁承志照辦，結果在三尺地下，又有一個盒子。裏面又有一張紙，寫着：「君是忠厚仁者，葬我骸骨，當酬以重寶秘術。大鐵盒開啟時有毒箭射出，盒中書譜地圖均假，上有劇毒，以懲貪欲惡徒。真者在此小鐵盒內。」金蛇郎君死前設下重重圈套，用來測試發現骸骨之人的心態，如果只在意重寶秘術，不是被毒箭射死，就是被假秘笈上的毒毒死。這段與山洞有關的情節，金庸一共寫了三天，帶領讀者走進一個充滿心機的山洞中。

　　不過，其實金蛇郎君的計謀並不止這樣，還有最後一着：五毒教的何紅藥後來到華山找金蛇郎君的骸骨，並要把骸骨燒掉雪恨。但原來，金蛇郎君死前先服下毒藥，讓毒物深入骨髓。如此一來，如果有人要燒他的骸骨，燒骨頭時冒出的毒煙，就能把人毒死。不獨如此，金蛇郎君還在山洞挖土坑埋下炸藥，燒骸骨時會引發爆炸，要燒骨的人陪葬。對於金

蛇郎君這種種安排，金庸借袁承志的口，給了最終的評價：
「金蛇郎君夏前輩是個極工於心計之人。」

金蛇郎君埋骨的山洞是金庸小說中最工於心計的幽閉
空間。

牛家村密室

楊康與西毒到皇宮翠寒堂東邊的水簾洞內找《武穆遺
書》，郭靖知道後前去阻止，混鬥中楊康用匕首刺入郭靖腰
部。黃蓉背着郭靖離開，慌亂間，走到前一日去過的牛家
村。《九陰真經》中有療傷之法，須兩人各出單掌相抵，運上
內力，助傷者療傷，而最困難之處，就是七天七夜內，兩人
手掌不能分開，也不能起來行走。黃蓉想到酒家內有密室，
遂與郭靖入密室內療傷。密室牆壁上有一個小孔，可供人窺
探酒家的情況。

密室療傷也是武俠小說常見的情節，金庸寫這段「密室
七日」卻與眾不同：把處理舞台的方法運用到小說創作中，
也就是將原本可以在不同地方發生的事情安排在同一個空間
內進行。由於每件事情本身又可能由不同的事情發展而來，
放在同一個空間內發生時，就讓人有一波未平一波又起的感
覺，「劇情」發展也變得緊湊。在金庸眾多小說中，有三段情
節把舞台技巧發揮得淋漓盡致。第一段是《天龍八部》中杏
子林內的丐幫大會，第二段是《雪山飛狐》中玉筆峰上前廳
裏各人的談話，第三段是《射鵰英雄傳》中黃蓉、郭靖在曲
三酒館密室療傷。

「密室七日」這段情節，北京大學前中文系系主任嚴家炎
這樣分析：

像黃蓉、郭靖兩人通過小孔向外張望，就看到了各色人物你來我往到店裏活動的種種戲劇性場面：先是完顏洪烈、歐陽鋒、楊康、彭連虎、侯海通等從南宋皇宮盜到石匣，以為《武穆遺書》已經到手時的得意洋洋，後來發現石匣竟空空如也時的目瞪口呆；接著，已經明白自己身世的楊康，有機會刺殺完顏洪烈，卻反而脫下自己的衣服為他披蓋禦寒，對他關懷備至；當夜重進皇宮盜寶的人狼狽逃回，侯海通竟被戴著臉譜的人割了耳朵，沙通天的衣服被人撕得粉碎，靈智上人雙手給鐵鏈反縛在背後，梁子翁滿頭白髮給人拔得精光——讀者通過黃蓉的眼睛，知道了皇宮裏打鬥的結果；這就節省下許多筆墨。再下而，歐陽克企圖污辱程瑤迦、穆念慈，被楊康進來瞧見，就鑽到桌下趁歐陽克不備之時，從下腹部刺殺了他。以後，楊康又和丐幫八袋弟子拉上關係，為此後故事發展準備了伏線……就這樣，傻姑的小店成了熱鬧的戲劇舞台，一場場悲喜劇、一場場文武鬥都在這裏演出。[1]

不獨如此，之後梅超風戰全真七子，黃藥師一人獨挑全真七子天罡北斗陣與江南七怪，都在酒家上映，郭黃二人都「旁觀者清」。

牛家村傻姑酒家是金庸小說中劇情最豐富的幽閉空間。

....

1   嚴家炎：《金庸小說論稿》，北京：北京大學出版社，1999 年，頁 144-145。

古墓

　　王重陽抗金失敗後，自稱「活死人」，在終南山上一座石墓裏居住。這座石墓又稱為「活死人墓」，原是王重陽積存錢糧、兵器的大倉庫，機關重重，佈置周密，更在墓門口設置了兩塊萬斤巨石，稱為「斷龍石」。林朝英後來使計引王重陽出墓，又和王重陽打賭。最後王重陽輸了，把石墓讓給林朝英，自己出家，建重陽宮，創立全真教。

　　古墓派與古墓有關：林朝英最後在古墓離世，把一身絕技傳給了貼身侍女，侍女後來收了兩個徒弟，一是李莫愁，二是小龍女。李莫愁隨師父學藝，幾年後離開古墓，師父死後，古墓裏只剩小龍女和孫婆婆居住。林朝英並沒有開宗立派，之所以叫「古墓派」，是因為李莫愁在江湖行走時，別人稱她為古墓派弟子，故小龍女也姑且以「古墓派」自稱。

　　金庸並沒確實講出古墓到底有多大，有多少間石室。墓中走道沒有點燈，彎彎曲曲通向不同石室，石室也有大有小。祖師婆婆林朝英有自己的居室，放了遺物。林朝英的侍女、小龍女的師父，應該有自己的房間。孫婆婆與小龍女雖然同住，但不是住同一間石室（孫婆婆死後，房間就給了楊過）。至少有四間居室。另外有一間放石棺。以上合共五間。

　　專門用來練功夫的至少有八間石室：(1)小龍女教楊過練天羅地網勢，小說提到，每完成一個階段，就要換一個石室。最初一間「石室奇小，兩人站着，轉身也不容易，室頂又矮，小龍女伸長手臂，幾可碰到」，這個石室，給楊過練習捉三隻麻雀。之後到了一間大一倍的捉六隻麻雀。金庸這樣說：「這石室比之前捉麻雀的石室長闊均約大了一倍，室中已有六隻麻雀在內。」金庸接着說「此後石室愈來愈大」。天羅地網勢的最高境界是同時可以捉八十一隻麻雀，如果每次

要捉的麻雀以倍數計，則三、六、十二、二十四、四十八、九十六，至少有六間石室了。如果不是以倍數計，則可能要換更多不同大小的石室了。(2) 之後，小龍女又帶楊過到一個形狀甚是奇特的石室：前窄後寬，成為梯形，東邊半圓，西邊卻作三角形狀。那是王重陽用來鑽研武學的石室，前窄練掌，後寬使拳，東圓研劍，西角發鏢。然後，奇特形狀石室之內，還有另外一間石室，形狀與之前一間剛好相反，而且牆壁上有林朝英寫下的《玉女心經》。

後來小龍女因練功而受重傷，李莫愁進古墓討《玉女心經》，楊龍二人情知不是對手，便利用小龍女床底暗道通往另一間石室。這間石室也有桌子與椅子。這是第十四間。

小龍女與楊過躺在石棺內，發現王重陽刻在石棺頂的文字，因而知道還有一間石室，室內寫滿了密密麻麻的小字，原來是王重陽憑自己的功夫破不了《玉女心經》，只好憑藉《九陰真經》破解《玉女心經》，於是把破解之法寫在牆上。這是第十五間。

古墓與《神鵰俠侶》的故事息息相關，居住了古墓派四代師徒；林朝英在古墓中日夜想念王重陽；王重陽在林朝英死後，兩度進入古墓，寫下重陽遺刻；小龍女的師父曾在古墓與歐陽鋒打起來；楊龍二人之戀在這裏開始萌芽，也（應該是）在這裏終結，是金庸小說中最多故事發生的幽閉空間。

商家堡大廳

《飛狐外傳》中，商家堡在大廳上宴請福公子與一眾武師侍衛，胡斐救出平四後重闖商家堡。商老太先與胡斐交手，但不敵。王劍傑接着與胡斐對上，雖然武功比胡斐優勝，卻

眾人被禁商家堡大廳之內

始終不能勝出。這時紅花會第三當家千手如來趙半山來到商家堡，為要找福康安身邊的侍衛陳禹，替北派太極門清理門戶。趙半山使出了太極拳中的「亂環訣、陰陽訣」邊用來對付陳禹，邊提醒胡斐練武之道。陳禹落敗，正要奪門離開商家堡大廳時，卻發現大門奇熱，身體黏在門上，發出噝噝聲，竟然活活燙死。廳中眾人這時才發現前後門已經緊閉。

　　原來商家堡這個大廳在建造時「別具用心，門用鐵鑄，不設窗戶」，「牆壁也是極其堅厚」，是以「極厚極重的岩石砌成」。商老太當年建造之時，就是為要對付苗人鳳與胡一刀，以報殺夫之仇。胡一刀已死，武功又勝不過胡斐，故只好把大廳關起來，整個廳子頓成密封的空間。商老太在外面點火燒柴，要把一屋子的人全部燒死。

　　幸好還有一個狗洞，洞口雖小，只有胡斐能穿得過去。在趙半山的協助下，胡斐從狗洞到了外面，與商老太打了起來。最後在千鈞一髮之際，打開了大廳鐵門，放出眾人。商

老太反而到了廳內，任熊熊大火燒身致死。

商家堡大廳可以説是金庸小説中最九死一生的幽閉空間。

明教秘道

明教秘道到底是怎樣一個模樣，金庸並沒有完全描繪出來。《倚天屠龍記》所載，秘道四通八達，有很多不同的岔道與石室。有些通道較寬，有些則僅容一人，從光明頂一直螺旋往下，像一口深井。明教秘道位於總壇的入口，在楊不悔臥室睡床的下面，其中一條通道的出口，則通往山腰。

秘道石室頂部是鐘乳石，是天然的山洞，有的有機關開啟石門，有的則沒有機關，須以人手運功推開石門。秘道有多大，金庸並沒有説，但六大派離開後，海沙派等小幫會趁火打劫，也來聯手攻打明教。張無忌以教主身分，准許教眾進入秘道之內；明教本身有金木水火土五行旗、天地風雷四門，再加上天鷹教教眾，人數眾多，但都可以全部躲進秘道，在秘道內的石室住下，可見秘道很大。

明教秘道在《倚天屠龍記》故事中非常重要，足以影響之後故事的發展：張無忌在秘道內得到明教鎮教神功乾坤大挪移心法，並在極短時間內練成。如果沒有練成乾坤大挪移心法，張無忌就出不了秘道，也就不能化解光明頂被六大派圍攻的危機。此外，由於發現陽頂天的遺骸，也順道揭開了明教教主突然失蹤多年之謎。

明教秘道到底有何功用？當初為甚麼要興建？已經無從稽考。多年以後，卻成為了混元霹靂手成崑用作與師妹陽夫人幽會的場所。陽頂天後來發現，導致修練乾坤大挪移心法時走火入魔，最後死在秘道中，死前留下書信給夫人，交代後事，哪知陽夫人接着殉夫，陽頂天頓成失蹤人口。張無忌

張無忌與小昭被禁明教秘道

追逐成崑，走入秘道，意外發現了陽氏夫婦的骸骨，還有陽頂天留下的書信與羊皮（乾坤大挪心法）。

　　明教秘道，可能是金庸小說中最大的幽閉空間。

少林寺囚禁謝遜的地牢

　　圓真的人捉了謝遜之後，透過少林寺方丈空智大師請三位高僧負責看管，並把謝遜囚於地牢之內。地牢在少林寺後山北邊百丈外的小山峰上，在三棵呈品字形排列的松樹中間的空地下。地牢極狹小，有四面牆壁，各刻着一幅圖畫，均以尖石刻成。囚禁謝孫之時，地牢出口有一塊大岩石壓着，僅露出一縫，用來透氣與送飯。

　　地牢在小說中有三個功能，第一、用來作為推動《倚天屠龍記》故事中最後一段江湖情節的催化劑。謝遜被囚，少林召開屠獅大會，聚集天下英雄。透過這段情節，過去所有

有恩怨的人都聚集在一起，金庸一次過解決所有江湖恩怨。

　　第二、解開靈蛇島上的謎團。殷離被殺、眾人被下十香軟筋散，屠龍刀、倚天劍被盜，周芷若認定是趙敏所為，趙敏卻矢口否認。整件事情，謝遜是「目擊」證人，知道所有來龍去脈。他把過程簡化為四個階段，刻成四張畫。第一幅名曰：「取藥」，畫周芷若如何偷取趙敏的十香軟筋散。第二幅名曰「放逐」，畫周芷若把趙敏拋到船上。第三、四幅畫金庸沒有命名，一幅畫周芷若在與張無忌、謝遜等人回到大都後，周芷若從後偷襲謝遜。一幅畫有幾個人抬着謝遜行走（帶到少林寺）。由於金庸改寫了這段情節，連謝遜也不知發生甚麼事，因此，新修版中的地牢並沒有圖畫。

　　第三、地牢還了結了一段三十年的血仇。《倚天屠龍記》內的江湖爭鬥肇始於成崑，而張無忌的故事，追本溯源，實由成崑與謝遜的恩仇開始。如果不是成崑殺了謝遜全家十三口，謝遜不會亂殺武林中人，與江湖結下仇怨。如果不是為了報仇，謝遜不會去王盤山打屠龍刀主意，張翠山與殷素素也不會在冰火島上生下張無忌。因此，張無忌的一生，實由謝遜與成崑的恩怨引起。屠獅大會最後一幕是謝遜找成崑報仇，兩人打起來，跌入地牢。黑暗中，成崑被謝遜插瞎眼睛，慌亂間更被打了兩記七傷拳，廢去武功。謝遜沒有再打下去，大仇已報，也散去真氣，廢去武功，從此皈依。

　　少林寺地牢，可能是金庸小說中最小的幽閉空間。

西夏皇宮冰窖

　　天山童姥因為返老還童，功力大不如前，不敵師妹李秋水，最後心生一計，躲到西夏皇宮的冰窖中。冰窖有兩道

門，第一道門上有大鐵環，極沉重。拉開大門之後，又是另一道門，即使是炎炎夏日，門上也結了一層薄薄白霜。冰窖第一層是糧倉，堆滿一袋袋裝滿米麵的麻袋，堆得很高，幾與屋頂相接。還有一塊又一塊割切得方方正正的大冰塊，砌成通道。冰窖共有三層，每層都是很大的石室，除了第一層放置了米糧外，其餘兩層都只放冰塊。

冰窖暗無天日，不辨時間。童姥每天出外捉仙鶴等活物飲血練功，為要讓虛竹練逍遙派武功，便在虛竹身上種下生死符，再教他破解法門，也就是天山六陽掌等逍遙派不傳之秘。為了讓虛竹破戒破得徹底，更攜來裸體少女與虛竹同眠（也為後來虛竹迎娶西夏公主埋下伏線）。

虛竹是《天龍八部》的男三，金庸安排了冰窖這段情節，讓虛竹徹底化去身上佛門痕跡，脫胎換骨，成為逍遙派的人。

第一、虛竹之前已經破了殺戒、葷戒，在冰窖中更破了淫戒，自此以後，自暴自棄，主動吃起肉來。

第二、李秋水與天山童姥鬥到最後，把功力傳到虛竹身上，與無崖子的真氣匯聚，虛竹一人接受了逍遙派三大宗師逾兩百年的功力，功力足以與段譽媲美，成為了一等一的高手。

西夏皇宮冰窖，可能是金庸小說中最冷的幽閉空間。

井底

金庸利用西夏城外的一口枯井，改變了故事中三個重要人物的命運。枯井其實很普通，金庸說：「這口井廢置已久，落葉敗草，堆積腐爛，都化成了軟泥，數十年下來，井底軟泥高積。」事情是這樣的：

　　段譽被慕容復所制，推入枯井之中。王語嫣終於發現自己痴心錯付，萬念俱灰下，想與段譽一同赴死，跳入井內。鳩摩智出現，雖然體內真氣反噬，仍制服慕容復，命隨從武士用大石塊封住井口。正當武士搬石之際，《易筋經》不慎掉入井中，鳩摩智伸手去拿，卻也掉入井中，此時體內真氣失控，無法運功。武士最後用十多塊百來斤的大石封住井口。枯井頓成難以逃生的幽閉空間。

　　枯井是鳩摩智人生的轉捩點。在掉到井底之前，他是吐蕃國師，萬人景仰的佛門高僧大輪明王，武功蓋世，拿手武功是火燄刀，身負逍遙派小無相功，也會少林七十二絕技，練過《易筋經》。但掉到井裏之後，他因體內真氣無處宣洩，發狂捏住段譽咽喉，催動了段譽體內的北冥神功，最終被段譽吸走全部功力。功力盡失後的大輪明王，金庸說他「原是個大智大慧之人，佛學修為亦是十分睿深，只因練了武功，好勝之心日盛，向佛之心日淡，至有今日之事」。失掉功力之後，鳩摩智反而靈台清明，去貪、去愛、去痴、去纏，「大徹大悟，終於真正成了一代高僧，此後廣譯天竺佛家經論而為藏文，弘揚佛法，度人無數」。

　　在舊版與修訂版《天龍八部》中，枯井是段譽與王語嫣感情發展的最終轉捩點。段譽為王語嫣神魂顛倒，卻佳人難得。王語嫣因為認清慕容復真面目，最終放棄自己的痴戀，投向段譽，與段譽一同赴死。可幸井底軟泥堆積，化去下墜之力，兩人得以保命，有情人終成眷屬。新修版中，段譽與王語嫣兩人後來感情轉淡，最終並沒有在一起，枯井一幕只能成為兩人感情發展的其中一個階段而非全部。

　　枯井，可能是金庸小說中最浪漫溫馨的幽閉空間。

西湖梅莊地牢囚室

　　令狐冲拒絕少林方丈方證大師傳授《易筋經》的建議，離開少林後，途中救了被正邪二道追殺的天王老子向問天。向問天知道令狐冲劍術高超，帶他到西湖梅莊。向、令狐二人一方面投梅莊四友四位莊主所好，一方面又以失傳琴譜、棋譜、書畫引誘四人與令狐冲比試。四人最終落敗，為要留住向問天二人和他們身上的寶貝，最後梅莊四友請二人到湖底的囚室與不知名的高手對戰。這位不知名的高手就是日月神教上任教主任我行，令狐冲就在糊裏糊塗中被掉了包，代替任我行困囚在湖底。

　　梅莊地牢位於西湖湖底，如何到地牢，金庸把整個過程寫了出來。地牢的入口是黃鍾公的床底，「掀開床上被褥，揭起床板，下面卻是塊鐵板，上有銅環。黃鍾公握住銅環，向上一提，一塊四尺來闊、五尺來長的鐵板應手而起，露出一個長大方洞。這鐵板厚達半尺，顯是甚是沉重，……只見下面牆上點着一盞油燈，發出淡黃色光芒，置身之所似是個地道。……行了約莫二丈，前面已無去路。黃鍾公從懷中取出一串鑰匙，插入了一個匙孔，轉了幾轉，向內推動。只聽得軋軋聲響，一扇石門緩緩開了。……走進石門，地道一路向下傾斜，走出數十丈後，又來到一扇門前。黃鍾公又取出鑰匙，將門開了，這一次卻是一扇鐵門。地勢不斷的向下傾斜，只怕已深入地底百丈有餘。地道轉了幾個彎，前面又出現一道門。……第三道門戶卻是由四道門夾成，一道鐵門後，一道釘滿了棉絮的木門，其後又是一道鐵門，又是一道釘棉的板門。……此後接連行走十餘丈，不見再有門戶，地道隔老才有一盞油燈，有些地方油燈已熄，更是一片漆黑，要摸索而行數丈，才又見到燈光。……壁上和足底潮濕之極。……再前

行數丈，地道突然收窄，必須弓身而行，越向前行，彎腰越低。又走了數丈……見前面又是一扇鐵門，鐵門上有個尺許見方的洞孔……黃鍾公從懷中取出另一枚鑰匙，在鐵門的鎖孔中轉了幾轉……黑白子走上前去，從懷中取出一枚鑰匙，在另一個鎖孔中轉了幾轉。然後禿筆翁和丹青生分別各出鑰匙，插入鎖孔轉動……四個莊主各懷鑰匙，要用四條鑰匙分別開鎖，鐵門才能打開。」這條通往地牢囚室的通道，金庸一共寫了五百多字，約佔半天的連載篇幅，可見被囚之人何等重要，也能引起讀者興趣。

至於囚室本身，金庸只寫了兩句：「只見那囚室不過丈許見方，靠牆一榻。」後來令狐冲敲囚室的三面牆壁，發現三面牆都是極重實的聲響，「似乎這間囚室竟是孤零零的深埋地底」。

囚室這一段情節對於《笑傲江湖》故事的發展也相當重要，一方面放出了大魔頭任我行，一方面為令狐冲安排另一個劫，為日後情節埋下更長遠的伏線：令狐冲練「吸星大法」。

在這之前，《笑傲江湖》只寫五嶽劍派的事，很少提及魔教。任我行出來後，整個故事分雙軌發展，令狐冲穿插其中。一方面是魔教內鬥，一方面則是五嶽劍派內鬥，江湖也變得多事。

至於令狐冲，金庸為了壓制獨孤九劍的威力，並沒有打算讓他回復十足戰力，吸星大法雖然能暫時解去真氣亂竄的危機，卻又像計時炸彈一樣，隨時招致真氣反噬。因此，令狐冲從西湖地牢出來後，雖然能夠施展獨孤九劍，卻又被任我行威脅，在協助任我行殺東方不敗後，雙方最終決裂。令狐冲也因此得福，得方證大師傳授《易筋經》。

梅莊地牢，可能是金庸小說中最銅牆鐵壁的幽閉空間。

十大愛情事

　　《何以金庸：金學入門六大派》對金庸筆下的「愛情事」有這麼一種看法：「金庸小說引人入勝的地方，正是以『談情說愛』為敘事功能，不但引出奇峰迭起的情節，還把情愛融入情節中，讓讀者同喜共悲。」本篇所選十大愛情事，推動情節的功能相當明顯，楊龍古墓成婚是為治療小龍女帶出契機，小龍女不離開楊過，就沒有以後的神鵰俠；張無忌不悔婚就沒有以後周芷若「魔化峨嵋派」的情節；凌霜華不毀容，就會和丁典遠走高飛，狄雲就練不到《神照經》；林玉龍與任飛燕這對吵鬧夫妻，功能有兩個：一是傳功，傳授袁冠南與蕭中慧夫妻刀法，第二是預示蕭半和的真正身分不簡單……

古墓成婚

　　小龍女在全真教被打至重傷，楊過要與小龍女在重陽宮拜堂。兩人之後回到古墓，小龍女想到祖師婆婆遺物中有一個紅底描金的箱子，裏面放了林朝英當年的嫁衣。兩人拿出箱中的鳳冠霞帔與紅緞衣裙，小龍女穿上。楊過發現箱底有信，原來是王重陽寫給林朝英的。兩人好奇下打開來看，卻發現當中有一封提到寒玉床能夠療傷，但沒有說明具體操作方法。後來兩人談到往事，小龍女提到師父當年與歐陽鋒交手，點了歐陽鋒穴道，卻給李莫愁解穴放了。楊過後來想到，解穴的是歐陽鋒自己，因為歐陽鋒全身經脈能夠逆行，穴道全部移位，自能解開。兩人談着，楊過忽然靈光一閃，把寒玉床療傷與歐陽鋒逆行經脈兩件事情連起來，想到要小龍女在寒玉床上逆練《玉女心經》，或能解小龍女的重傷。

　　小龍女與楊過相戀，劫難重重，眼看小龍女重傷不治，楊過表明心跡，非小龍女不娶。古墓中成親穿上嫁衣，兩人

楊龍二人在古墓成婚前先在重陽宮拜堂

笑中有淚，讀者也不捨。因此，金庸又安排了一段峰迴路轉的劇情，讓小龍女有一線生機。《神鵰俠侶》中，金庸主要以出人意表的情節帶動楊龍戀情，兩人於古墓成婚，佔盡地利，既有林朝英的衣箱，也是當年歐陽鋒逆行經脈解穴的地方，讓楊過從中聯想到治傷之法。如此安排，也是劇情帶動戀情的表現。

十六年之約

楊龍之戀是劫難之戀，兩人自相愛開始，就沒有嘗過好日子，歷劫重重：分離、中毒、重傷、殘肢（小龍女則是被姦污）。最後，楊過身中情花毒，而小龍女則因逆行經脈引致冰魄銀針毒導入臟腑，都是不治之身。一燈大師師弟臨死前手握斷腸草，黃蓉猜想可治楊過的情花毒，小龍女為讓楊過有求生意志，跳崖自盡，卻留書，假意說兩人要在十六年後

重聚。黃蓉雖然不知就裏，依然編了個南海神尼每十六年來中原的故事，讓楊過相信小龍女是被神尼接走，有了求生意志，才肯服下斷腸草治毒。

十六年之約讓《神鵰俠侶》的故事到達了高潮，每個讀者都想盡快知道：到底小龍女是生是死？又為甚麼會留下約定？這十六年，楊過與小龍女又是如何渡過？只是，金庸並沒有更進一步交代細節，或描述楊過在等待中的內心世界。金庸讓時間飛快流逝，一天之後，郭襄長大，跟郭芙等在風陵渡口上與眾人圍爐夜話，楊過成了眾人口中的神鵰俠。這十六年來，楊過把對小龍女的思念融合到所學武功之中，創出了「黯然銷魂掌」，也貫徹了金庸寫《神鵰俠侶》的風格：小龍女每次離開楊過，楊過的武功都更上層樓。

無忌悔婚

張無忌在感情的選擇上，一直舉棋不定，又或是根本沒有打算過要有決心去選擇。他面對眾女，都是處於容易心動又被動的狀態。他重遇周芷若，感念當時一飯之恩，而有了思慕之情。他知道小昭於己有情，寧願犧牲幸福當上波斯明教總教主，以換取他人脫離險境，也對小昭動了心。（新修版中，金庸增加了兩人兩人的感情互動。）趙明（修訂版改叫「趙敏」）眼見張無忌摟着殷離，心裏不痛快，跟波斯三使對打時，招招同歸於盡，結果傷了自身，張無忌也動了情。

張無忌與周芷若的婚約，並不是純粹出於對愛的的渴望而想給對方一個家，而是因為周芷若中了十香軟筋散，治療時會有肌膚之親，兩人成親才方便行事。那是建立在利益（不一定是私利，而是指如何做會對事情更好）上的行為。因此，

張無忌悔婚，周芷若欲殺趙敏。

當成婚之時，趙明拿着謝遜的頭髮，要求張無忌悔婚時，張無忌毫不猶豫就答應了。

不過，這件「愛情事」在《倚天屠龍記》中有非常重要的功能，讓《倚天屠龍記》的故事進入新紀元：周芷若心死，勤練九陰白骨爪，凡事與張無忌對着幹，而峨嵋派也徹底魔化，成為一眾心狠手辣的女尼。

夫妻吵鬧

金庸筆下的夫妻有不少奇特類型，譚公譚婆一個願打一個挨打是一類，段正淳多情刀白鳳專情是一類，白自在史小翠各不相讓又是另一類。然而，在眾多類型的夫妻中，《鴛鴦刀》中的任飛燕與林玉龍，金庸寫得最是精彩。林任二人是夫妻，但整天吵鬧，甚至動手相鬥，旁人（蕭中慧）不知就裏，以為兩人是仇家。他們兩人對夫妻關係，自有一套看法：「恩愛夫妻若

是不打架，那還叫甚麼恩愛夫妻？有道是床頭打架床尾和，你見過不吵嘴不打架的夫妻沒有？」（舊版《鴛鴦刀》，武史出版社《武俠與歷史》第三十八期頁 15，1961 年 1 月 21 日）。

林任夫妻在《鴛鴦刀》中有兩個功能：第一是預示與揭密功能。當蕭中慧以自己父母「從來不吵嘴不打架」回應任飛燕「哪有恩愛夫妻不打架」時，金庸透過林玉龍預示讀者：「這算甚麼夫妻？定然路道不正！」「不拌嘴不動刀子，這算是甚麼夫妻？」故事發展的結果，蕭中慧的父母蕭半和與楊夫人果然不是真正夫妻，林玉龍的話就變得一語成讖。第二則是推動情節發展。林任的七十二路夫妻刀法是故事中唯一能壓倒反派第一高手卓天雄的功夫，蕭中慧與袁冠南獲得傳授，打敗來犯的卓天雄。

《鴛鴦刀》的故事圍繞一副藏有無敵於天下的秘密的雙刀，「鴛鴦」二字雖然只是刀名，但金庸在安排情節時，加入經常吵架的林任夫妻與威力無匹的夫妻刀法，讓整個故事變得「鴛鴦」處處，更有趣味。

李文秀拒絕蘇普

李文秀在小時候就認識了蘇普，蘇普不理父親阻止，把親手撲殺的大灰狼的狼皮送給阿秀。哈薩克族人的習慣，把自己最寶貴第一次的獵物送給心愛姑娘。李文秀去找蘇普道謝時，看見蘇魯克正在鞭打蘇普，知道自己不會得到蘇魯克的認可，就把狼皮退回去給蘇普，從此不再與蘇普見面。長大以後，蘇普另外結識了同族姑娘阿曼，兩人相戀，李文秀感到心痛。因為，自己不是不喜歡蘇普，而是深知道不能與蘇普在一起。

李文秀拒絕蘇普，是《白馬嘯西風》整個故事的主軸。金庸要寫的，是「想要卻得不到的痛苦」，正因為得不到，李文秀最後帶着當年載她來的那一匹白馬，一個人回到陌生的中原。

舊版《白馬嘯西風》雖然也寫李文秀拒絕蘇普一事，但由於故事主要落在迷城寶藏上，李文秀「拒愛」這件事反而成了配角。金庸後來改寫《白馬嘯西風》，虛化了寶藏，讓故事的焦點重回李文秀在拒愛上的心路歷程，更加入了計爺爺（馬家駿）對李文秀的愛慕，讓原來的主題從「想要的得不到」擴展至「想要的得不到，得到的不想要」，透過對比，讓主題更深化，也對人世間的情愛更感無奈。

凌霜華毀容

丁典被害下獄，凌思退把女兒凌霜華許配他人，凌霜華堅決不答應，自毀容貌，以示堅貞。凌霜華還立下重誓，只要凌思退保住丁典不死，終身不會見丁典，否則媽媽在陰世天天受惡鬼欺凌。事已至此，兩人不可能再廝守，丁典重回牢中，每天在牢房小窗看着凌府，凌霜華則每天更換窗前的鮮花，以示安好。一直到窗前鮮花沒有再更換，甚至凋謝，丁典就猜想凌霜華可能出事。

凌霜華重諾，答應父親不再見丁典，丁典即使現身跟前，也閉眼不見。丁典回牢房，她就天天換鮮花，告訴丁典自己安好。丁典重諾，要回牢房陪凌霜華，即使神照功大成，即使明知不能再和凌霜華在一起，也要留在牢房，每月被毒打。《連城訣》中充滿爾虞我詐，與丁典、凌霜華的愛情成了最強烈的對比，也讓狄雲明白到，世間重諾不欺詐的人太少，當所有事情結束後，寧願帶着空心菜回雪谷生活。

段譽與王語嫣的愛情

《天龍八部》故事情節其中一個讀者關注的重點：段譽最後能不能奪得美人歸，與王語嫣長相廝守？

在舊版與修訂版中，金庸都讓段譽得償所願，最終贏得王語嫣的芳心。在王語嫣知道表哥慕容復要去「角逐」西夏駙馬時，徹底對慕容復死了心，同一時間又想起段譽的好，因此，寧願隨段譽赴死（段譽在此之前已跌進枯井之中），跳入井中。後來得知段譽仍然在生，王語嫣於是答應接受段譽的愛。

不過，在新修版中，金庸在兩人相愛後，又改了結局，讓王語嫣追求長春不老，跑回慕容復的身邊。《天龍八部》最後一幕，站在已經瘋了的慕容復身後的，除了阿碧，還有王語嫣。新改的故事，讓段譽一口氣娶了五個老婆，而對王語嫣的離去，金庸又讓段譽變得清醒，兩人最後成了兄妹，不再強求愛情與名分。段譽對於結束這份得來不易的戀情，反應過於平淡。

論者或認為，新修版中，金庸不能不修改段王的戀情。因為到最後，人人都知道王語嫣的母親王夫人，是段正淳的舊相好，王語嫣更是段正淳的女兒，在世人眼中，段譽與王語嫣是兩兄妹，不能相戀。故事發展到最後，段譽雖然姓段，但生父不是段正淳，而是段延慶。如此一來，段譽作為大理國未來國君，就名不正言不順了。因此，段譽不是段正淳親生兒子這件事不能戳破，必須保密。如此一來，段王二人的關係終究是兄妹。

為了這個原因，金庸不得不拆散這雙戀人，而段王的戀情，最終都成鬧劇，始作俑者是上代長輩亂搞男女關係。

任盈盈留在少林、令狐冲救聖姑

　　《笑傲江湖》中，金庸為令狐冲與任盈盈兩人各自安排了一個「愛」的舉動；任盈盈眼見令狐冲受重傷，性命危在旦夕，毅然到少林求方證醫治，條件是失去人身自由，少林寺把她囚在後山的山洞之中。令狐冲從西湖底出來後，透過莫大先生，才得知此事，於是回應任盈盈恩情，率眾到少林寺營救聖姑。

　　金庸筆下的男女主角談情說愛，有很強烈的功能意義，通常用作推進故事情節的發展。舊版、修訂版《神鵰俠侶》中，楊龍二人無端相戀，聚少離多，每次相聚不久，都會分開，而分開之後，楊過在武功上都有得着，朝武林神話邁進。然而，與《神鵰俠侶》相比，令狐冲與任盈盈的「談情說愛」，功能性更明顯也更強。故事中，令狐冲與任盈盈根本沒有任何「談情說愛」的交集。令狐冲固然不知有任盈盈這個人，任盈盈更是毫沒來由的愛上令狐冲。然而，這段「戀情」是必需的，否則，之後的江湖大事也變得沒有理由了。沒有他們的戀情，群雄不會齊集五霸崗上，為令狐冲的內傷而大費周章；而當知道聖姑寧願留在少林換取《易經筋》後，令狐冲也不會率眾闖少林營救聖姑。

　　令狐冲上少林救聖姑，與其說是愛的表現，倒不如說是還恩，而更大的意義是：令狐冲在西湖底囚室床上得到了吸星大法，平伏了體內真氣，終於可以一展所長。令狐冲從練成獨孤九劍開始，就一直身受重傷，空有一身能破盡天下武功的劍法，卻無從施展。從西湖出來後，金庸急需為令狐冲尋覓大舞台，一個能讓令狐冲為天下人知曉的舞台。率眾上少林救聖姑，正是這個舞台。

揚州麗春院大被同眠

　　金庸在《鹿鼎記》中，為韋小寶找了七個女性伴侶
（羅剎國蘇菲亞公主不算）；不過，並非每個女子韋小寶都
能順利求得，九難師太的弟子阿珂與神龍教教主夫人蘇荃
便是兩例。金庸不擅寫情，寫人心轉向更難。《天龍八部》
中段譽對王語嫣的追求，王語嫣最後回心轉意，與段譽相
戀，金庸用了整整兩年的連載時間，讓段譽在王語嫣心裏一
點一滴累積好感。反觀《鹿鼎記》，阿珂與蘇荃都在故事中段
才出現（當然，這時誰也不知道整個故事到底會連載多久），
而且只是韋小寶七個紅顏伴侶中的兩個，金庸實在沒有太多
時間來「扭轉」人心，而必須要安排一個讓兩人不得不靠向
韋小寶的舉動。「揚州麗春院大被同眠」就是在這情況下出現
的。兩人最終被韋小寶睡過，有了身孕，也就名正言順地成
了韋小寶的人。

揚州城內，韋小寶與眾女大被同眠。

第◆十◆四◆章

十大場面

要成為大場面，唯一條件是人數眾多。場面愈多人，情節就愈複雜。小說不像畫面與影像，能同一時間呈現不同的人物與情節，小說以語言表達，必須先結束一段情節才能寫另外一段情節，因此，作家如何安排人物「登台演出」就成為場面成敗的關鍵。金庸擅寫大場面，把「場面」視作舞台，讓人物分批上場，安排得相當好。

如果以「人種」來分，金庸筆下的大場面主要有兩大類，一是軍戰大場面，二是門派大場面。兩種大場面的功能並不相同，戰爭大場面通常置於一書的結尾，用來作為整個故事的高潮，《書劍恩仇錄》的「乾隆滅紅花」、《神鵰俠侶》的「襄陽大戰」與《天龍八部》的「宋遼大戰」就是軍戰大場面的代表，在這些場面之後，就是小說的尾聲：陳家洛帶着紅花會離開中原，楊過與小龍女歸隱，而蕭峰則自殺。至於門派大場面主要是讓主角「一鳴驚人」的舞台，《神鵰俠侶》中，楊過在英雄大會上憑武功與機智為中原群雄討回剛失掉的武林盟主，成為民族英雄；《倚天屠龍記》中，張無忌練成了九陽神功與乾坤大挪移，憑着武功與仁愛，硬生生從六大派手上救回明教；《天龍八部》裏，蕭峰、虛竹與段譽，一下子大敗丐幫、星宿派與姑蘇慕容的第一高手，在天下群雄之前，宣告誰是當今武林武功最高的人。

乾隆滅紅花

乾隆被太后以雍正遺詔威脅，不但違反諾言，更於雍和宮設局，欲剿滅紅花會眾人。陳家洛因香香公主以死警示，知道乾隆反口，卻仍以為乾隆會到雍和宮赴會，最後才知道被乾隆暗算。

乾隆設計剿滅紅花會，眾人負隅抵抗，誓要殺出重圍。

　　乾隆駐重兵要殺紅花會眾人，纏鬥間，章進戰死，周仲英與少林派來相助，原來少林寺也給燒了。本來眾人在少林僧人協助下，可以離開，但陳家洛要殺乾隆，又請天山雙鷹入宮先行尋找，最終害得雙鷹慘死。紅花會眾人武功雖高，但清兵多達三四千人，端的是《書劍恩仇錄》中場面最大的一段。金庸提到當時的情況：「只見寶月樓外火把齊明，御林軍與內廷侍衛，會武藝的太監等等，何止三四千人。」（舊版《書劍恩仇錄》第五七○續，《新晚報》1956 年 9 月 1 日）

　　乾隆滅紅花這一節，是《書劍恩仇錄》的高潮，滿漢之間終極一戰，情節多變，確實緊張。然而，也同樣反映出，陳家洛作為紅花會總舵主，誠然缺乏果斷而正確的領導能力，於危急之時，所做的決定也往往有很多瑕疵，例如：明知道乾隆反口，不想合作，卻一廂情願地相信乾隆會到雍和宮赴會（最後乾隆沒來），又如請天山雙鷹往找乾隆，終導致兩人一被殺一自殺。

英雄大會

楊過離開古墓時，已練成《玉女心經》，又身兼全真教功夫與西毒歐陽鋒的蛤蟆功；後來碰到北丐，更學了一半的打狗棒法，天下最好武功的六人，他已學到其中四人的武功。在「潛龍勿用」之後，自然要有「見龍在田」的機會。英雄大會正是讓他一鳴驚人的場所。參與英雄大會的人，天下五絕的傳人皆已到場：黃蓉是東邪傳人、朱子柳、泗水漁隱是南帝傳人，楊過是西毒傳人，郭靖是北丐傳人、郝大通等是中神通傳人，小龍女是林朝英傳人，加上丐幫與全真教，反派方面則有金輪法王三師徒，楊過在天下英雄面前，以一人之力，盡展打狗棒法、美女拳法、全真劍法、玉女劍法與《九陰真經》，輕功高絕，招式多變，加上能言善道，又足智多謀，硬把金輪法王到手的武林盟主之位搶了回來。論人數，雖然這場英雄大會不是《神鵰俠侶》中最人強馬壯的一局，對楊過而言，卻是最重要的一個場景，楊過的武功與叛逆，於天下英雄之前，顯露無遺。

襄陽大戰

金庸小說提過許多戰役，但大都用旁述方式交代，沒有深入描寫（如《鹿鼎記》中清廷與三藩之戰）。《神鵰俠侶》的襄陽大戰，可以說是場面最大而金庸描寫又相當深入的一場戰役。

《神鵰俠侶》結束前的襄陽大戰，肇始於金輪法王（國師）擄走郭襄，黃蓉等人從後追趕，一直追到襄陽。這時襄陽城已被元軍圍住，金輪法王回元軍大營，而黃蓉等人則要越過

元軍回襄陽城，「襄陽大戰」就是從這時開始。整段情節可以
分為三個小段：回城、佈陣、回防，而以楊過殺掉元帝蒙哥
終結。三個小段中，又以「佈陣」一段，金庸寫得最是精彩，
金庸設計了「二十八宿大陣」，將五絕（傳人）、江湖人物、
宋軍、桃花島秘學（陣法）、戰爭等不同元素結合在一起，
絕世武功、絕頂智慧用在行軍打仗之中，發揮出以少勝多的
效果。

　　根據舊版故事所記，金輪法王在襄陽城前築起高台，台
前圍着四萬元兵，用以防守。法王把郭襄綁在台上，要脅郭
靖。黃藥師則佈下「二十八宿大陣」，衝入元軍，營救郭襄。
大陣共分五隊人馬，分別由黃藥師、郭靖、黃蓉、一燈大師
與周伯通（原本為全真教教主李志常）領軍，各帶八千人。
宋、元軍各四萬人，也就是説，共有八萬人在場上。另一方
面，蒙哥又帶兵直接攻打襄陽。金庸説：「蒙古皇帝蒙哥的九
旄大纛高高舉起，疾趨襄陽城下，精兵悍將在皇帝親自率領
之下蠭湧攻城。」（舊版《神鵰俠侶》第七五四續，《明報》

蒙古軍攻襄陽城，郭靖與一眾武林人士抗敵。

1961 年 6 月 15 日）。蒙哥調虎離山，在襄陽城下屯軍十
萬，以致黃藥師要從「二十八宿大陣」中調回二萬人回防。
如此一來，場內參與此戰的人共有十八萬之數，可說是金庸
小說中描寫得最深入的大場面。

場面之「大」與大戰中法王與楊過單挑（武功）的過程
成了對比，金庸還進一步描寫「黯然銷魂掌」的威力與人的
心情、心態密切相關，打出掌法之時，愈是黯然神傷，威力
愈大。

新修版描寫法王之死與舊版及修訂版並不相同。舊版及
修訂版中，法王被楊過打下高台，雖然身受重傷，但仍可以
翻身站起，只是給周伯通從後面抱着，壓在底下，由於周伯
通身穿軟蝟甲，甲上尖刺插入法王體內，法王難逃劫數。接
着高台塌下，周伯通避開，法王給火柱壓住。

新修版中，國師收郭襄為徒，兩人有了師徒情誼。國師
後來雖以郭襄要脅郭靖，但郭襄被火柱塌下擊中之時，仍奮
力擊開火柱，給楊過與黃蓉救出郭襄，國師最後死在郭襄懷
抱。新修版中的國師作為反派第一高手，由是有了更人情的
一面，更體面的終結。

天下掌門人大會

天下掌門人大會由福康安舉辦，旨在引起江湖人士的爭
端。大會賽制：

（1）先是從「僧、道、俠、官」中選出四人為四大掌門，
領袖群倫，四人分別是少林方丈大智禪師，武當玉虛宮觀主
無青子道長，三才劍掌門甘霖惠七省湯沛大俠，以及遼東黑
龍門掌門、鑲黃旗驍騎營佐領令海蘭弼。四人中，僅少林方

天下掌門人大會，先向四大掌門人賜予玉龍杯。

丈德高望重，張召重死後，武當山再沒有出眾的代表人物，而海蘭弼更只是武官一員，名不見經傳，湯沛其後更被揭發惡行連連，大俠之名盡失。

（2）乾隆賜下二十四隻御杯，計有玉龍杯八隻、金鳳杯八隻、銀鯉杯八隻，除四隻玉龍杯賜給四大掌門人外，其餘二十隻御杯由各大掌門比武爭奪。天下門派從此分為四等，第一等為玉龍八門，次一等為金鳳八門，再次一等為銀鯉八門，其餘得不到御杯的，則為最下等的門派。

福康安召開天下掌門人大會，江湖人士初時以為朝廷有心延攬，但實際上是要江湖人自傷殘殺。金庸説：

> 許多有見識的掌門人均想：「這那裏是少了許多紛爭？各門各派一分等級次第，武林中立時便惹出無窮的禍患。這二十四隻御杯勢必被人你爭我奪，刀光血影，武學之士從此爭名以鬥，自相殘殺，再也沒有寧日了。（舊版

《飛狐外傳》，《武俠與歷史》第四十九期，1961 年 8 月
18 日，頁 8）

　　從《飛狐外傳》的故事架構與發展來說，這個安排至為
重要。第一、這大會是胡斐與袁紫衣一直以來互動的終結：
自袁紫衣出現，與胡斐搶奪各派掌門之位，志在擾亂大會，
而袁胡兩人也在互動中生出情愫。天下掌門人大會是兩人搶
奪掌門行為的終點，也是兩人情感瓜葛的終局，因為袁紫衣
在會上以女尼打扮現身，旨在告訴胡斐，兩人的戀情不會有
結果。第二、朝廷居心叵測的結局。福康安辦大會，以乾隆
二十四隻御杯讓天下掌門爭奪，透過打擂台來釐定品級，各
門派為了名聲，自會努力爭奪，江湖間便傷了和氣。不過，
大會經紅花會所擾，又給程靈素所亂，終讓福康安顏面盡
失，代表朝廷奸計未遂。第三、紅花會敗部復活。《書劍恩仇
錄》中，紅花會與清廷終戰不敵，避退回疆，此番重臨，擾
亂大會，挽回名聲。

圍攻光明頂

　　《倚天屠龍記》中六大派與明教共有三次「聚首一堂」：
一是六大派圍攻光明頂，二是六大派被囚於萬安寺，三是少
林屠獅大會。論人強馬壯，該是「屠獅大會」，因為還有丐幫
與其他江湖人士參與。不過，論相爭激烈，死傷眾多，當數
六大派圍攻光明頂。整個「圍攻光明頂」的過程，可以分為
三戰：

　　第一是場外大戰：六大派攻上光明頂，明教五行旗拼死

作戰，當中包括（1）滅絕師太以倚天劍斬殺明教教眾，張無忌不忍，願接受滅絕師太三掌以換眾人一命，（2）韋一笑擄走峨嵋女弟子，以及（3）天鷹教雖前來援手，但殷野王卻袖手旁觀。

第二是最後決戰：張無忌趕到之前，殷天正以一人之力被六大派車輪戰至重傷。張無忌到後，以一人之力擊敗六大派，但被倚天劍刺至重傷。

第三是宵小作亂：六大派離開後，海沙派、巨鯨幫、神拳門等趁機來襲，明教教眾難以迎敵，張無忌答應暫任教主，讓眾人至秘道暫避，傷癒後擊退敵人。

圍攻光明頂一役對於張無忌的「發展」來說，至關重要。與《射鵰英雄傳》中的郭靖與《神鵰俠侶》的楊過一樣，領略絕世武功後，需要「見龍在田」，郭靖有丐幫於軒轅台上召開的君山大會，楊過有天下群英聚集大散關的英雄大會，張無忌則有六大派圍攻光明頂，以一人之力退六大派，救明教，從此一鳴驚人。

舊版故事中，「宵小作亂」一節，其實還有小插曲：海沙派等人並不是心甘情願上光明頂趁火打劫，而是「被迫」的。金庸沒有明說是誰，但「領頭的是個西域番僧，武功甚強，他持着倚天寶劍」（舊版《倚天屠龍記》第四一九續，《明報》1962 年 9 月 12 日）。西域番僧原有三個，自此以後不見於後續的故事，直到趙敏擾亂張無忌大婚，兩人上少林時，被三番僧攔劫。這三個西域番僧，其中一人就是當日帶海沙派眾人殺上光明頂的頭領。修訂版中，金庸刪掉西域番僧當頭領一事，甚至把番僧刪掉。

英雄宴

　　閻王敵薛神醫廣發英雄帖，遍邀江湖同道，到游氏雙雄的聚賢莊商討如何對付喬峰，丐幫與少林派也派人赴會。喬峰為找薛神醫醫治阿朱，自動「送羊入虎口」，找上門來。整個英雄宴，分四個部分，第一部分喬峰道明來意，請薛神醫醫治阿朱。第二部分是喝絕義酒，英雄宴上共有三百餘人參加，與喬峰有交情的約五十人，眾人與喬峰一一喝酒，喬峰共喝了五十餘碗（舊版《天龍八部》第三部第一○七續，《明報》1964 年 8 月 31 日）。第三部分是「鬥群雄」，喬峰率先發難以劈空掌擊暈數人（這個時候仍然堅持不殺漢人的承諾），群雄開始圍攻喬峰，但由於場地狹小而人數眾多，真能靠近喬峰身邊的，也只是五、六人。及後大家騰出空位，圍攻的人漸多，直到玄難使出「袖裏乾坤」，又回歸一對一的決戰。之後又數十人圍攻，後來在與玄難、玄寂對掌中，三人意外地殺了本來懸在半空的祁六，殺戒一開，喬峰蠻性逐漸發作，又一掌打死了單仲山，之後再不留手，紅了眼睛，見人就殺（但金庸沒有明言喬峰共殺了多少人）。這部分也是整個英雄宴的高潮。第四部分是「喬峰被救」。眾人見喬峰愈殺愈多人，也要殺阿朱洩憤。喬峰願意一命換一命，於是放棄抵禦，但有一黑衣蒙面高手前來，把喬峰救走。

　　參與英雄宴的人在《天龍八部》中不算多，但打鬥死傷之激烈堪稱全書之冠。整個相鬥過程中，場面多變（群鬥、獨鬥），寫喬峰的心理隨場面、現況而改變，也相當細膩。

宋遼大戰

　　宋遼大戰是《天龍八部》最後一個大場面，當中最特別的，不只宋遼兩軍，還有段譽手下的大理軍隊，以及完顏阿骨打的女真軍隊。兩軍列陣，遼兵大集，開戰之前，遼主耶律洪基知道蕭峰反對，因此囚禁了蕭峰。後來段譽、虛竹等人趕到，救走蕭峰，眾人即上前線。為了平息干戈，蕭峰擄劫了義兄耶律洪基，要求遼主罷兵，遼國退兵後，蕭峰有感天地間無處容身，加上錯手殺死自己深愛的人阿朱，最後自殺。

　　一直以來，漢人都用「遼狗」稱呼遼人，認為宋人善良、胡人兇殘。然而，當蕭峰當上南院大王後，看到邊境宋人的行為，以前的想法被顛覆：

> 我一向只道契丹人兇惡殘暴，虐害漢人，但今日親眼見到大宋官兵殘殺契丹的老弱婦孺，我⋯⋯從今而從（筆者案：第二個「從」字，該為「後」字），不再以契丹人為恥，也不以大宋為榮。

　　這句話的潛台詞是：民族自身沒有恥辱與榮耀的分別，人的行為才有。英雄宴上大殺漢人是喬峰從漢人（喬峰）到胡人（蕭峰）身分轉變的象徵，但正由於喬峰同時做過漢人與胡人，他對「人」的關懷有了更深入的體認。當耶律洪基南下攻打大宋時，喬峰站在兩國千萬生靈方面考慮，不希望看到「無數男女老幼在馬蹄下輾轉呻吟」、「鮮血與河水一般奔流，骸骨遍野」，極力勸阻。喬峰對人的關懷先於對民族的關懷，同時也是金庸的想法。這個時候，金庸已經逐漸脫離像《書劍恩仇錄》中的狹隘「民族家國」觀念，一步一步朝「人

道關懷」、「人文關懷」進發。

遼宋大戰一觸即發，最後戛然而止，以及喬峰自殺，可以視作金庸對「人道關懷」的呈現。

俠客島宴群雄

《俠客行》中，每隔十年就有賞善罰惡史來邀請中原武林群雄到俠客島吃臘八粥，這是整個故事的主軸。由於所有人有去無還，武林中人紛紛想辦法躲開，不想接令，正因為如此，才衍生出長樂幫找石中玉、石破天擔任幫主，代接賞善罰惡令等事端。一直到故事末尾，所有人都聚集到島上，金庸這樣寫：

> 眼前突然大亮，只見一座大山洞中點滿了牛油蠟燭，洞中擺着一百來張桌子。這山洞好大，雖是擺了這許多桌子，仍是綽綽有餘。數百名黃衣漢子穿梭般來去，引導賓客入座。

能夠有資格獲邀來俠客島的，不只是一派之主，更是對武學有獨到見解的人，因此可以說，大山洞中坐着的，是整個武林的精英分子，可是《俠客行》故事中最大的江湖場面。

五霸崗上

《笑傲江湖》中，共有三個大場面，齊集各門各派，第一

是八派一幫齊集少林，第二是恆山派新任掌門「就職」典禮，第三是五嶽劍派合併大會。這三大「聚會」，與會者有五嶽劍派、少林與武當，是江湖上最讓人矚目的聚會。不過，這三個大會其實還有另一「群」人參與，而這群人之所以聚在一起，正是因為「五霸崗大會」。

　　數千個旁門左道的江湖人士，為了討好聖姑任盈盈，而聚集五霸崗上，與令狐冲相遇，想要治好他真氣紊亂之疾。這些人後來成為了令狐冲的「手下」，先是由令狐冲率領，上少林寺救任盈盈，終引來八派一幫掌門聚首。及後，在令狐冲繼任恆山掌門的大典上，群雄到賀，給五嶽劍派盟主代表指為結交群邪，一眾旁門左道結果歸入恆山派，住在恆山別院。後來令狐冲到嵩山出席五嶽劍派合併大會，令狐冲也帶着一群恆山門人出席大會。這三大場面，主角都不是眾旁門左道，卻同樣受到旁門左道人馬的影響。由此可見，五霸崗大會在小說中的重要性。

　　此外，眾人為令狐冲治傷的方法層出不窮，有祖千秋的續命八丸（上五霸崗前發生的事），也有五毒教教主以蛭為媒，轉注血液與令狐冲體內，令狐冲又喝了五毒教的「五寶花蜜酒」，又有：

　　這些人一窩蜂般湧將過來……有的道：「這是小人祖傳的治傷靈藥，大有起死回生之功。」有的道：「這是在下二十年前在長白山中挖到的老年人參，已然成形，請令狐公子收用。」有一人道：「這七個人，是魯東六府中最有本事的名醫，在下都請了來，讓他們給公子把把脈。」（舊版《笑傲江湖》第三五三續，《明報》1968 年 4 月 11 日）

阿青戰雄師

《越女劍》中，阿青往找范蠡，要殺西施，范蠡佈下二千人的雄師阻擋阿青。結果是：阿青只憑一根竹子，把二千人的雄師精兵打敗。這一人對二千人的大場面，是小說中真實的情節，金庸卻沒有直接描寫場面的經過，只是這樣說：

> 驀地裏宮門外響起了一陣吆喝聲，跟着嗆啷啷、嗆啷啷響聲不絕，那是兵刃落地之聲。這聲音從宮門外直響進來，便如一條極長的長蛇，飛快的遊來，長廊上也響起了兵刃落地的聲音。一千名甲士和一千名劍士阻擋不了阿青。

至於場面如何震撼，就留待讀者自己用想像去填補。

責任編輯 郭子晴

裝幀設計 簡雋盈

排　　版 陳美連

印　　務 劉漢舉

邱健恩 著

出版

中華書局（香港）有限公司

香港北角英皇道四九九號北角工業大廈一樓 B

電話：（852）2137 2338

傳真：（852）2713 8202

電子郵件：info@chunghwabook.com.hk

網址：http://www.chunghwabook.com.hk

發行

香港聯合書刊物流有限公司

香港新界荃灣德士古道 220-248 號

荃灣工業中心 16 樓

電話：（852）2150 2100

傳真：（852）2407 3062

電子郵件：info@suplogistics.com.hk

印刷

美雅印刷製本有限公司

香港觀塘榮業街六號海濱工業大廈四樓 A 室

版次

2023 年 7 月初版

2023 年 12 月第二次印刷

©2023 中華書局（香港）有限公司

規格

16 開（210mm×142mm）

ISBN

978-988-8809-79-0

〈第十一章 十大留書〉題字鳴謝

李志清（金蛇郎君、劍魔、王重陽、魔教長老）；

麥錦釗（胡斐、小龍女、連城劍訣）；

崔成安（謝遜）；吳永雄（張翠山）；源天澤（蕭遠山）

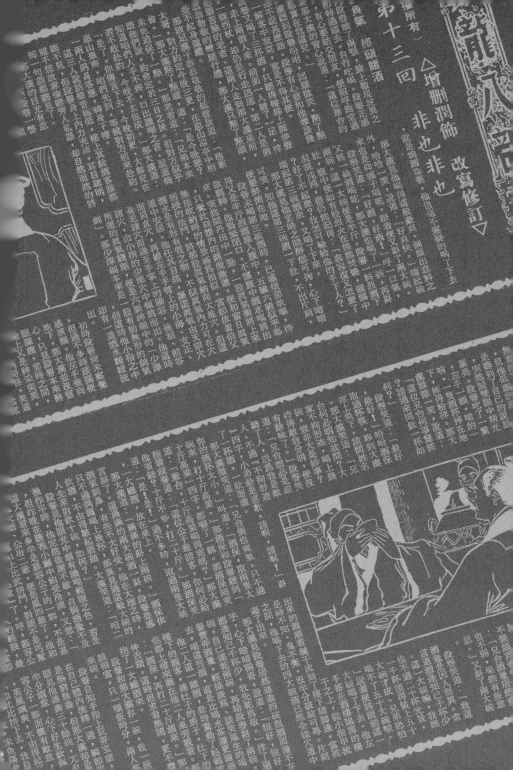